AF215028

Der Autor

Dr. Rainar Nitzsche, geboren 1955 in Berlin, Schulzeit im Saarland, wohnt mit seinen Vogelspinnen in Kaiserslautern, wo er Biologie studierte und seine Diplom- und Doktorarbeit über das Paarungsverhalten der bei uns heimischen Brautgeschenkspinne *Pisaura mirabilis* verfasste. Er schreibt seit 1975 Gedichte, Kurzprosa, fantastische Romane sowie Sachbücher über Spinnen.

Zum Buch

Blick hinauf zu den Sternen, von dort oben gekommen, als Mensch unter Menschen geboren, gesandt zu sehen, zu lauschen, zu fühlen, zu senden. Sehnsucht. Immer und immer wieder diese Träume - Erinnerungen an Zuhause? Die Weiten, die Grenzen zerfließen, grenzenlos das All, das schwarze Universum und der strahlend weiße Kosmos, das Multiversum. Die Anderen, die Engel des Herrn, die kleinen und großen Götter und - Gott. Sein und Werden und sich verwandeln in andere Wesen, wiedergeboren, zum Stern werden. Und der letzte Mensch und all die Wesen, die nach uns, aus uns kommen. Der Untergang der Erde. Das sind einige der Themen der 246 Shortshortstories und Gedichte.

Rainar Nitzsche

Still riefen uns die Sterne

Magisch-fantastische

Geschichten und Gedichte

Die Deutsche Nationalbibliothek verzeichnet diese Publikation in der Deutschen Nationalbibliografie; detaillierte bibliografische Daten sind im Internet über dnb.d-nb.de abrufbar.

Impressum
Rainar Nitzsche
Still riefen uns die Sterne
Neu gesetzte, leicht überarbeitete 3. Auflage als Taschenbuch (1. Auflage handsigniert, nummeriert als Paperback: 2001 im Rainar Nitzsche Verlag / 2. Auflage als E-Book 2017 bei Bookrix)
Lektorat, Titelbild und Coverabbildung: Dr. Rainar Nitzsche
Computersatz: Dr. Rainar Nitzsche.

© 2019 Herstellung und Verlag:
BoD – Books on Demand, Norderstedt
ISBN 9783749428960

Unseren Kindern
Menschen - Cyborgs - KIs - Androiden
und all den anderen Wesen in ferner Zukunft
die die Gene oder den Geist von
Menschen in sich tragen

Und für Isabelle
die ich vor langer Zeit so kurz nur traf
in Erinnerung an das strahlende Leuchten
deiner Augen

Vorwort

Liebe Leserin, lieber Leser,

hier habe ich nun fantastische und lyrische Texte zusammengestellt, die vom Kosmos und unserem Weg zu den Sternen handeln. Einige dürften leicht verständlich sein, andere scheinen mir jetzt und wohl auch Ihnen eher geheimnisvoll. Vielleicht werden sie zukünftigen Lesern / Hörern mit implantiertem Deutschsprachchip oder einfach dem Vermögen, zahlreiche Sprachen zu sprechen, verständlicher sein.

Das Thema Kosmos beschäftigte mich schon sehr früh. In der Jugend und während des Studiums der Biologie las ich nicht nur Sachbücher über das Weltall und die ersten Schritte der Menschheit in den Weltraum, sondern auch viel Science-Fiction. Den ersten SF erhielt ich übrigens Neujahr 1970 über meine Großeltern von Lutz aus der DDR, den ich nie kennenlernte. Es war der Roman *Der Planet des Todes* von Stanislaw Lem, auch unter dem Titel *Die Astronauten* im Deutschen veröffentlicht.

In meinem ersten 1982 erschienenen Buch *wir ... menschen der erde* findet sich neben Texten für Frieden, Abrüstung und Umweltschutz ein ganzes Kapitel mit Gedichten über unseren Weg ins All. Und wie lautete wohl damals das am 1. 2. 1980 verfasste Gedicht zum Geleit? Hier steht es noch einmal vor dem Prolog.

Dann fiel mir damals ein GEO-Artikel* über Galaxien in die Hände. Staunend las ich da: Unsere Milchstraße ist eine Spiralgalaxie mit rund 100 Milliarden (100 000 000 000) Sternen - einer davon am Rande ist unser Stern, der Sonn, und im Universum gibt / gab es ca. 100 Milliarden Galaxien.

*: Breuer, R. (1996): Galaxien - Unser Haus in der Unendlichkeit. - GEO 3/96.

Bei all dem Raum sind die 17 Milliarden Jahre an Zeit seit dem Urknall zu berücksichtigen. Dann ist vielleicht unser Universum nur eines von vielen im Multiversum. Und in meinen Texten taucht zudem öfter dieser Negativraum auf: strahlend weiß mit schwarzen Sonnen (oder Schwarzen Löchern?) darin.

Ja, und dann gibt es da seit vielen Jahren eine Heftreihe über einen Menschen, der der *Erbe des Universums* genannt wird.* Sehr lustig! Oder: was für ein menschlicher Größenwahn!

Nun aber wieder zurück zur Information über dieses Buch, nämlich zur Anordnung der Texte. Zunächst versuchte ich wieder wie in anderen Storysammlungen (*Ruf der Mondin, Im Licht der Vollen Mondin, Mondin-Schein und Sein, ATON - Vater Sonn*) eine thematische Aufteilung in Kapitel. Namen trugen sie auch bereits: Himmel der Nacht, Träume vom Reisen in die Ferne, Aufbruch: »Nach Hause!«, Menschen im Sternenmeer, Unsere Kinder, Götter, Gerufen - gelebt - gegangen. Dann entschied ich mich doch für die alphabetische Anordnung. So entfiel die Qual der Wahl bei dem einen oder anderen Text, in welches Kapitel er denn nun eigentlich gehört. Für mich war es also einfacher, für Sie müsste es abwechslungsreicher und spannender werden, denn zugegeben, manches wiederholt sich doch. Für die zweite und dritte Auflage waren lediglich kleinere sprachliche Korrekturen nötig. Auch reduzierte ich die Zwischenräume und die Werbeseiten hinten.

Ach ja, nicht wundern: *Sonn* steht hier statt Sonne, er ist unser aller Vater, der Mutter *Erde* befruchtet, auf dass Leben entstand. Und kein Mond, sondern die *Mondin* leuchtet dort oben in der Nacht.

Rainar Nitzsche,
Kaiserslautern,
2001, 2017, 2019

*: Perry Rhodan.

Inhalt

10

Mensch*

Mensch
sieh hinaus
in die Nacht
den Sternen entgegen
und frage dich
wohin du gehst

*: Titelgedicht aus: *wir ... menschen der erde* (Nitzsche 1982).

Prolog

Dieses Sternenmeer!

Du erinnerst dich. Wie lang ist es her! Da sahst du empor in der Nacht bei den Großen Pyramiden: strahlende Sterne im glasklaren Himmel über der Wüste!

Und dann Jahre später in einer kleinen Stadt mit Namen K. ganz in der Nähe deines Zimmers unter dem Dach geschah es wieder. Dort lag so verlassen und leer zu dieser Zeit die Straßenkreuzung. Wie oft bliebst du einfach stehen - auf dem Rückweg vom Kino oder dem Kneipenbesuch, nicht weit entfernt von zu Hause - und sahst empor und drehtest dich im Kreis und sahst noch immer empor. Mein Gott!

Hast du geweint?

Ja. Und du erinnerst dich an die Handlung in einem Film mit dem Titel *E. T.* Er, der kleine Außerirdische rief die magischen Worte, die uns alle berühren und zu Tränen rühren (warum?), rief sie immer wieder: »Nach Hause!«

Und jetzt, wo ich dies schreibe, was ruft da in mir?

Und jetzt, wo du dies liest, was hörst du da, während du dich erinnerst an Menschen und Dinge und Geschehnisse, die nur du kennst, nur *du* allein?

»Nach Hause!«, weint deine Seele. »Nach Hause ins Sternenmeer. Dorthin!«

»Nach Hause hinauf zu den Sternen?«, fragt lächelnd der Astronom. »Da sind wir doch schon immer, mitten drin - seit Anbeginn!«

Durch der Erde Feuer lasst uns schreiten
mit Geisteshand die Sterne greifen
durch Sonnen schweben
in Licht und Sein!

All sind WIR

Im Anfang war alles eins.
Einsam dachte ich meinen Namen in die Nacht.
Und meine Seele weinte Tränen der Unsterblichkeit.
»Nein!«, sprach ich irgendwann und schuf das Chaos
Vielheit.

Nun also träumen und singen, sprechen und rufen
und schreien, schreiben und sehen alle Dinge und Wesen
meine Namen, die sind Legion.

Denn ICH bin WIR
und WIR sind ALL!

Die Alte

Unterwegs war es einst, da traf ich sie, die kleine alte Frau, die ich für eine Zigeunerin hielt.

Wir verharrten nur kurz. Sie sah mich an, Entsetzen in den Augen, und wich zurück.

»Was siehst du, Frau?«, fragte ich sie - nicht.

Jetzt aber, wo ich längst zu Hause bin und allein, jetzt wo ich erwache aus dem Schlaf, jetzt erinnere ich mich an ihre Worte in meinem Traum. Das war es, was sie sprach:

»Ich sehe berstende Welten, sehe den Sonn erkalten - in dir. Ach, mein schreiender, weinender Sohn! Im Zentrum deiner Stirn sehe Ich wimmerndes Chaos und glühende Schwärze.«

Seltsame Worte sind dies, Worte, deren wahre Bedeutung keines Menschen Geist versteht.

Doch sie fielen mir ein.

Weshalb, warum, wieso?

Ich weiß es nicht, sondern notierte sie mir. Hier stehen sie nun geschrieben.

Am Ufer eines Meeres

Du stehst am Ufer des Meeres - mit geschlossenen Augen.

Träumst du?

Tief singen Gedanken in dir:

Meer bin ich, blauer Planet, Erde, sonn-erleuchtet, strahlend weiß im Sternenmeer.

Hinter den Galaxien aber ist Schwärze. Jenseits / diesseits pulsieren Kosmen.

Über, unter, vor und hinter allem aber träumen WIR.

WIR träumen Räume und Zeiten und - Wesen, also auch einen winzigen Menschen, der da steht am Ufer eines Meeres, träumen ihn und seine Gedanken, die immer wieder von Neuem singen:

Meer bin ich, blauer Planet, Erde, sonn-erleuchtet, strahlend weiß im Sternenmeer ...

Ameisenhaufen

Manch einer geht nichts-sehend und ahnungslos vorüber. Was kümmern ihn Ameisen in ihrem Haufen!

Dabei könnte er doch so viel lernen, verharrte er, sähe er hin. Vielleicht ist es aber doch Glück für sie, dass es nicht geschieht!

Denn andere stechen mit Stöcken darin herum, graben ihn auf, entnehmen die Puppen, die nennen sie Ameiseneier. Kinder zünden ihn an.

Mag sein, dass es wieder andere gibt, die Zäune bauen und Gatter ringsum und darüber, und ihn so schützen vor Grünspechtschnabel und Wildschweinschnauze und - Menschen!

Selten aber schaut einer den Ameisen zu auf ihren Lebenswegen in Hektik und Hast (Aussteiger soll's auch bei ihnen geben!), schaut ihnen lächelnd zu. Denn er sieht nun keine Ameisen mehr, sondern Menschen einer Stadt.

Da gibt es Wege - unsichtbare Routen in Luft und Wasser, Straßen von Stadt zu Stadt und in den Städten und Dörfern und schmale Pfade, auf denen wir Menschen über den Planeten Erde wandern.

Andere Wesen, Götter vielleicht, gehen an uns vorüber.

Einige aber, Götterkinder?, lassen Meteoriten und Kometen auf die Erde stürzen.

Andere essen Pflanzen-, Tier- und Menschenseelen.

Wenige nur wachen über ihren Menschenzoo.

Menschen gaben ihnen viele Namen.

Die andere Brandung

Eine andere Brandung, aber kein Meer. Wellen sind da im Zentrum deiner Stirn.

Du schließt die Augen. Wellen aus Licht durchbrausen das Schwarz dieser Nacht in dir.

Und erst das Rauschen in deinen Ohren! Es ist ein ständiges An- und Abschwellen und Anschwellen und … aus Wellen, aus Rauschen bricht hervor *ein* Ton, wird klar, wird Klang, ein Lied.

Du öffnest deine Au... Die Schwärze bleibt. Da sind keine Augen mehr! Denn Leere tasten deine Finger in keinem Gesicht.

Und wäre da jemand, der sähe dir zu, er sähe dich zerfallen und zerfließen. Und sein Mund stammelte etwas, das Erzählungen über Buddhas Erleuchtung gleicht:

»Keine Augen - kein Sehen, kein Gesicht - kein Laut, kein Kopf - kein Hören, keine Hände - kein Tasten, keine Beine - kein Rumpf. Nichts ist geblieben. Nichts bleibt!«

Dann schlösse er die Augen - vielleicht und hörte - ganz wie du zuvor - nun auch die andere Brandung, aber kein Meer …

Du aber schwebst als Welle aus Licht und Klang durch Schwärze. Andere Wellen treiben vor dir, hinter dir, über dir, unter dir und jenseits dahin. Jede ein Klang, ein Licht - winziger Teil der großen Symphonie, die irgendwer irgendwo irgendwie spielt.

Die andere Seite

Etwas hat dich geweckt.

Du öffnest deine Augen. Gleißende Helle, Licht!

Gedanken rasen: Engel, Himmel.

Du schließt deine Augen wieder bis auf einen winzigen Spalt, hältst die Hände dir vor und wankst zum Fenster. Jetzt ziehst du die Vorhänge zur Seite. Dort draußen - dort war doch eben noch schwarze Nacht! - ist die Erde bedeckt von weißem Licht - auch der Himmel, alles ist weiß.

Wenn du etwas sehen könntest - doch du kannst es nicht, denn du hast längst die Augen wieder geschlossen - würdest du die schwarzen Sterne dort oben niemals erkennen.

Nichts ist noch so, wie es gestern war. Denn da ist der Gegenpol (zur Hölle?), die andere Seite (der Himmel?), das andere All.

Gestern noch sahst du die Sterne nicht bei Tag, aber bei Nacht in der Schwärze standen sie dort oben - leuchtend weiß.

Heute jedoch, jetzt vernimmst du in dir ein Flüstern, das lauter wird, das näher kommt.

Das Flüstern ist in dir und ...

Anfang einer Ewigkeit

Am Anfang war die Singularität.

Und die Singularität war ein Neutron.

Und das Neutron dehnte sich aus und ... schuf den Raum.

Also wurden die Galaxien, die Sonnen, die Planeten und - Leben entstand.

Und siehe, was ich Anfang nannte, war nicht der Anfang, sondern nur einer von vielen und lediglich der Beginn einer anderen »Ewigkeit«.

Angekommen

Du wachst auf im Bett, Lippen und Mund trocken. Du findest dich zurecht.

Jaja, im Krankenhaus!

Erst die Urinflasche, etwas Salbe für die Lippen, dann das Mineralwasser. Dir fällt ein - denn soeben, wenige Tage nach der Operation am Herzen, aufgewacht in der Stille der Nacht, reiste dein Geist durch Dimensionen -, wie nützlich ein Gedankenschreiber wäre, dann bliebe alles erhalten. So aber wirst du gleich wieder entschlafen, und alles wird verloren sein. Du hast hier keine Lampe. Papier und Kugelschreiber wären ja da. Also ...

Ich könnte jemand anders sein ...

Halt!

Ich bin ich! Und jetzt ist jetzt! ZEN!

Aber dieser andere, dieser einsame Astronaut, ist wie du. Er wacht auf in einer ...

Du wachst auf in einer der alten Transmitterstationen, die lange schon nicht mehr benutzt werden und durch die seltsamerweise (oder war es Absicht der Konstrukteure zu ihrer eigenen Sicherheit?) nur organische Lebewesen und einfachste Technik transportiert werden können.

Also bist du auf der Flucht?

Vor den Maschinenintelligenzen, den KI*, die der Mensch sich schuf?

Ja! Du bist der Abgesandte auf diesen verwinkelten Pfaden durch Raum und Zeit.

Du bist eine der letzten Hoffnungen für die sterbende Menschheit.

Wo mögen die anderen stranden, landen? Oder im Raum vergehen?

Viele Gene warten in deinen Körperzellen darauf, in Klonen zu keimen.

Irgendwo irgendwann kommst du an, einer der letz-

*: Künstliche Intelligenz

ten Lebenden (vielleicht sogar der Letzte?), Schlafenden, Träumenden in deinem Sarkophag.

Und dort empfangen sie dich, die Maschinenkinder. Während sie deine Lebenserhaltungssysteme abschalten, während sie dich, ihren Vater / ihre Mutter töten, beginnen sie ihr erstes Gebet. Sie knien vor der Menschenleiche, die sie bald eingießen werden zum »ewigen« Gedenken.

So sah ich also in einem Traum, wie wir Menschen gingen und zugleich weiterlebten in ihnen und ihren Mythen und Erzählungen - als Götter!

Anti-Erde

Das fiel ihm ein: Erde - Anti-Erde. Eine zweite Erde, unbewohnt und parallel.

Wie er darauf kam?

Er las ein Buch über die Sexualität in der Natur. Er las von seltsam scheinenden Fortpflanzungsstrategien. Er las von Milben, die immer nur ein Ohr eines Nachtfalters befallen, das andere aber ungeschoren lassen. Und so hört der Falter die Echoortungslaute der jagenden Fledermaus und kann ihr trudelnd entkommen. Und so leben die Milben weiter auf ihrer Insel, die nur eine von zweien ist: ... zwei sich aufs Haar gleichende und doch getrennte Inseln, die gemeinsam nebeneinander durch die Dunkelheit der Nacht fliegen«*

Dies las er spät in der Nacht oder früh am Morgen, ganz wie du willst, dies las er, wieder für einige Stunden zurückgekehrt zur Biologie, seinem Lieblings- und Studienfach. Und da geschah es, dass er andere Inseln sah. Eine ist die, auf der wir alle leben, wir nennen sie Erde, und sie rast mit uns durch die Weiten des Alls. Wir spüren es nicht.

Sollte es da nicht noch eine andere Insel geben, parallel, von gleicher Gestalt, aber unbewohnt?

Wäre es so, ja, was bliebe da zu tun?

Und wer trägt uns alle durch die Nacht? Ist es der Sonn?

Und was verfolgt uns, droht uns zu verschlingen? Ein schwarzes Loch?

*: A. Forsyth: *Die Sexualität in der Natur.*

Asche zu Asche und Staub zu Staub

Ein Splitter im Auge Gottes?

Nein! Nur ein Staubkorn, das Er nicht einmal bemerkt?

Ein Staubkorn in Seinem Auge!

Das Auge, das kein Auge ist, blinzelt.

So fällt das Staubkorn ins Bodenlose und reißt mit, was zu ihm gehört.

Sonn nannten wir unseren Stern. Planeten umkreisten ihn einst. Nun stürzen sie in Ihn zurück, dem Vater, der rast dahin auf neuer Bahn. Sie brennen und mit ihnen verglühen fünf, sechs oder zehn Milliarden - was spielt das jetzt noch für eine Rolle! - Menschen. Und auch all die anderen Wesen der Erde sind gegangen.

Denn Sonn ist und war der Menschenname des Staubkorns in Seinem Auge. Satans Welt Erde war und ist nicht mehr.

Doch weine nicht, der du all dies siehst!

Nicht nur das Böse wird wiedergeboren, sondern auch das Gute.

Und all die Wesen, also auch Menschen, werden irgendwo und irgendwann als irgendwelche Wesen wieder erstehen.

Atme ein - atme aus!

Atme ein
die Luft - den Duft
der Wiesen!

Dann atme aus!

So werden
Stürme geboren
über anderen Welten.

Auenland

Wer kennt ihn nicht, den *Herrn der Ringe* von Tolkien!

Dort im Auenland lebten die Hobbits lange Zeit in Frieden. Sie waren Spießer, hatten ihre kleinen Alltagsprobleme und Streitereien, und keiner von ihnen ahnte auch nur etwas von den sie umgebenden Gefahren noch von der Weite jenseits ihrer engen Grenzen. Denn dort hielten andere Wache.

So geschah es.

So geschieht es.

Setze für Auenland Erde, und alles ist wahr.

Aus uns

Aus uns fließen
Zeiten und Räume in Räumen
Sonnen aus Schwärze - Planeten aus Staub.
Aus uns das Wort - die Welt - der Klang.

Bildstörung

Sie sehen die Bilder, sie hören den Ton, sie schmecken und riechen, sie fühlen all das, was der empfindet, den sie nach unten sandten, der dort unten als Mensch unter Menschen lebt.

Immer arbeitete er ausgezeichnet.

Doch dann ... Sie schickten ihn auf eine Fete. Irgendetwas ging schief. Oder sollte das alles so sein?

Ein Kollege schenkt dir ein, nein, schenkt dir nicht ein reinen Wein, schenkt dir nur ein den Wein.

Jetzt aber tanzt du, hui, wie du schwankst, wie die Welt sich dreht! Denn Alkohol bist du nicht gewohnt. Fast haut es dich um. Aber du tanzt ja noch immer und schwankst. Tanzend schwankst du durch die Menge. Du lächelst, denn du denkst an die dort oben, die durch dich sehen und hören und fühlen. Gibt sicher 'ne Bildstörung! Oder doch 'ne tolle Show?

Mein Gott, fällt dir dann ein, wird 'ne Invasion geben, lautlos versteht sich! Was hab' ich nur getan! Sie fühlen es ja, alle dort draußen. Alle werden sie kommen wollen. Die Geburtenrate wird steigen. Denn sie wachsen in uns, beginnen mit uns ihr Leben auf dieser Erde. Abwechslung suchen sie, Vergnügen. Alle werden sie tanzen wollen wie ich. Denn das ist neu in ihrem tristen Dasein der Unsterblichkeit.

Blick ins Gestern

Du schaust auf
in das Funkeln der Nacht
und siehst die Sterne
wie sie waren vor Äonen.

Du lauschst den Klängen
die entstanden
als alles begann

Blume des Lebens

Jetzt lichtet sich der Nebel vor meinen Augen. Und meine Sinne tauchen ein in eine neue Welt.

Wie klingen die Wogen der Zeiten so klar, wo eben noch Rauschen war!

Sonn geht auf über den Bergen. Farben erscheinen, wo eben noch Grau. Farbtüpfel bunt am Horizont, kommen näher, werden Form, Gestalt. So weicht die Nacht dem Tag. Licht und Glanz in Menschenaugen. Erstrahlt das Gras in mildem Grün. Inmitten der Wiese wiegt sich sanft im Winde und träumt einsam und aufrecht eine Blume, so fern, so rot wie Mohn.

Stehe davor und schrumpfe, werde kleiner und kleiner, schaue in die Blüte. Wundere mich, lache, verstehe und sehe - mich. Licht bricht sich im Kristall der Blütenblätter. Spiegelt sich ewig, hin- und her-, zurückgeworfen bis ans Ende aller Zeit.

Hinein zieht es mich in den sich öffnenden Raum der Welt. Sterne am Himmel des Alls, die leuchten so hell in meinen Augen. Ich höre sie singen. Leben gebären sie, Leben zerstören sie. Anfang und Mitte und Ende sind eins im Kreis.

Stille. Ja, Stille. Stille!

Kein Wind, der das Laub der Bäume bewegt.

Kein Gesang von Tieren und Menschen.

Kein Zirpen und Ächzen von Grillen und Ästen.

All ist Leere mit winzigen hellen Flecken. Das ist der Schmutz in der Reinheit des Raumes.

»Wo bin ich?«, frage ich dich und mich zugleich. »Stand ich nicht eben noch vor dir, wollte dich schauen, konnte nicht glauben, dass du allein auf dieser Wiese lebst?«

Du aber antwortest singend mir in mir:

»Bin nicht allein. Siehst du denn nicht die Welten, die Sterne am Himmel der Nacht? Das ist der Raum, der alles ist, das Universum, das alles umfasst. All. Ordnung, Leben und Liebe und Leid. Kosmos. Niemand ist jemals allein!

Ich: Also bleibe ich, du Blume der Nacht und des Lichts zugleich, für immer und ewig? Verstehe so wenig.

Du: Die Welt ist groß, die Welt ist klein. Du aber Mensch bist nimmer allein.

Also lasse ich meine Angst hinter mir, dort, wo ich soeben stand. Tanze hin zu den Sternen, den Planeten der Hoffnung und des Lebens und lache vor Glück. Denn da ist nur Liebe - unter, über, neben, in und aus mir. Ich singe.

So kommen die Welten zu mir. Ich schaue sie an, betrachte ihr Leben, mische mich darunter, werde Teil, nehme teil, lerne, lerne Leben kennen: Da sind Tiere, Pflanzen, Bakterien, Viren, Kristalle, Planeten, Sterne, Raum. Irgendwo und irgendwann aber lerne ich eine kleine Blume kennen, hübsch und zart und rot, eine von so vielen, die jede für sich, scheinbar allein, einzeln auf den Wiesen der Unendlichkeit blühen. Finde mich wieder auf Erden, schaue aus Stempeln und Blütenblättern hervor und hinaus und sehe Dämmerung über dem Land.

Tausend Jahre lebte ich im Raum. Und siehe, es war nur ein Tag auf Erden, ach, ein halber Tag nur, die helle Hälfte und nicht mehr. Sonn ging auf, Sonn geht unter.

Denke nach. Oder träume ich? Unbemerkt vergeht die Zeit.

Aus einem Blütentraum erwacht, duftend rot und klar, wunderbar! Dunkel ist's geworden. Reibe mir die Augen und schon zieht's mich hinaus in die Nacht, die ruft, die lockend ruft. Hinaus!

Licht durchflutet den Raum, die Luft ist voller Wärme. »Wach auf! Es ist Morgen!«, summt die Natur.

Du öffnest deine Blüte. Gläserne Schwingen springen empor. Licht spiegelt von tausend Flächen sich in mir ...

Begann nicht alles so vor einem Tag?
Ist alles Wiederkehr im Kreis?
Wer oder was bist du? Pflanze oder All?
Wer lebt hier in wem?
Im Kleinen das Große? Im Großen das Kleine?
Und alles darin in dir sind wir?

Brücke über Zeit

Für Brigitte in Erinnerung an einst

Sie führte mich hinaus in die Nacht
als alle Menschen schliefen

Und ich versank
den Blick empor
in Schwärze

Die Sterne
sangen still so tief
- in mir

Damals und heute

Damals dort draußen in der Weite des Alls.

Er begann sich zu erinnern. Es war wie ein Traum, ein Traum, den er schon tausend Mal geträumt zu haben schien. Immer wieder das eine Bild, jedes Mal ein wenig anders und doch das gleiche Bild.

Ja, jetzt geschieht es wieder: Die Nebel weichen für einen Augenblick zur Seite. Er sieht - sich - als eine Kugel aus Licht, sieht sich schreiend das Ganze verlassen. Getrennt allein und unterwegs zu einem fernen Stern.

Dort wird er wiedergeboren und wächst heran. Dort lebt er.

Ja, und heute bin ich hier: ein kleiner Mensch auf einem blauen Planeten, dem Menschen den Namen Erde gaben.

Dank an einen, der längst gegangen

Worte des Dankes an einen weit entfernten Vorfahren? Weil er war, weil er und die anderen damals überlebten - lange genug für ihre Körper- und Geisteskinder. Weshalb wir sind! Meinst du das?

Ich aber gebe dir keine Antwort, sondern denke dir zu: Sage mir einmal, wer wir sind!

Das weiß doch jedes Kind: Leben und KI, Körper-Geist-Seele - alles ist eins. Was sonst!? So war es doch schon immer!

Nein?

Sollten wir einst gewesen sein wie er, den du mir zeigst, ein Erdenwesen und nicht mehr? Eins von zwei Geschlechtern nur, entweder Mann oder Frau? Und beide zusammen unser aller ferne »Eltern«?

Das glaube ich nicht! Niemals, nie!

Ich aber lenke deine Blicke, lenke und denke dir zu: Schau dich um. Sieh her! Schau uns alle hier draußen auf den Planeten, im interplanetaren, interstellaren Raum, wo wir zu Hause sind. Schau uns alle in dir!

Du tust es. Du verstehst: Nun gut, einigen von uns könnte er vorausgegangen sein. Ihnen, also auch uns wäre er der lang Vermisste, das missing und nun connecting link, der Urururur ... ahn, der nannte sich selbst einst Mensch.

Aber schau, er war ja nur biologisch, noch wahrhaft unvollkommen. Wie wenig konnte er sehen, hören, riechen, denken, fühlen! Deshalb wohl hielt er sich für die Krone der Schöpfung. Wie niedlich! Welch putziges Äffchen er doch war!

Ja! Doch so war es. Er ist es. Und was er auch tat, seine Kinder überlebten.

WIR sind!

Decke aus Schwärze

Sie legten eine Decke aus Schwärze über mich.

»Wo sind die Sterne?«, schrie ich.

»Sie haben mir meine Augen genommen! Vater, hilf!«

Doch lebte er noch? Vielleicht war er fern. Vielleicht war sein weißes Licht längst erloschen, war er ein roter Riesenstern?

Und nur ein Lachen ist das Echo meiner Schreie. Lachen, *ihr* Lachen, das die Räume krümmt.

Diese Welt

Ich bin das tosende Feuer der Nacht
Ich bin der Schrei im Anbeginn der Zeit

Nenne mich aus Wassern kriechendes Leben
Nenne mich aus Sonn geborenen Stein
Nenne mich Stern und Leere und
Knall aus dem Einen ins All

Denn ich bin
Schrei der tosenden Feuer
Bin seit Anbeginn der Nacht

Diesmal

Diesmal stehst du nicht mitten auf der Straße, schaust nicht so spät in der Nacht hinauf.

Diesmal gehst du und siehst, bleibst einen Augenblick stehen, notierst, gehst weiter - nach Hause.

Diesmal schaust du nicht mit starren Augen empor.

In *dir* siehst du die Bilder.

Doch jetzt geschieht mehr als je zuvor. So öffnet sich der schwarze Himmel über dir. Das weiße All erscheint, dessen schwarze Sterne – ach, es sind ja Tunnel in andere Kosmen - du niemals siehst. Du siehst nie mehr (in diesem Traum)!

Doch wieder ist da Wandel. Weiß zerfließt. Farben erscheinen. Da ist ein Himmel so rot wie Blut. Grüne Sterne leuchten grell. Die Erde bebt und du mit ihr. Du weißt, dass da noch andere Himmel dahinter sind, *so* viele Universen! In allen Farben, die es gibt, denkst du.

Etwas tropft und fließt dir deine Wangen hinunter. Du öffnest deine Augen. Du bist zu Hause, schaust in den Spiegel vor dir. Dort im schwachen Lampenlicht siehst du Blut aus deinen Augen tropfen, die glühen rot, und dein Gesicht, das färbt sich schwarz. Du schreist, nicht nur die Augen weit aufgerissen, sondern auch den Mund. Zähne sind da, so spitz und lang, leuchten blau-weiß, sie glitzern wie Diamanten. Deine Menschenkleider brennen und auch der Spiegel, die Küche (die war zugleich dein Bad), das ganze Haus. All diese Dinge gehen dahin.

Du stehst allein auf einer weiten Ebene, grün leuchtet sie in klarer Nacht. Du bist allein und bist es doch nicht, denn niemand ist es jemals. Du hebst all deine Arme – wie viele es jetzt sind!, denkst du verwundert, denn noch ist da Erinnern, das schnell verblasst, an deinen alten Menschenkörper -, du hebst sie alle bittend und flehend empor. Dann fällst du in den grünen Staub dieser anderen Erde. All deine Münder rufen sie an, die dich erschuf, die über dich seit Anbeginn wacht: »Mutter!«, rufen sie in allen Stimmlagen und so vielen Sprachen zahlreicher Welten zugleich. Was für ein Chor aus dir allein!, der nun verstummt, da sich die roten Himmel herabsenken, sanft dich streicheln und in die Arme nehmen: »Schon gut!« So wiegen sie dich und singen dir ein Lied zum Schlaf.

Du schließt all deine Augen und Ohren und Münder. Nur offen bleiben die Nasen, durch die du atmest, noch immer und immer wieder, doch nicht für alle Ewigkeit. So schläfst du ein und träumst von einer seltsamen Welt, wo Milliarden Wesen, die sich Menschen nennen, unter einem Himmel leben, der ist schwarz bei Nacht, weiße Sterne leuchten und glitzern darin, einem Himmel, dessen Farben sich ständig wandeln, denn er ist blau am Tag, auch rot am Abend - wenn ihr Stern, den sie Sonn nennen, untergeht -, manchmal auch grau mit Wolken darin, aus denen Ströme von Wasser von Zeit zu Zeit fallen.

Welch seltsame Dinge siehst du doch im Traum.

Dort

Dort saß er mit geschlossenen Augen schweigend im roten Licht.

Ruhendes Feuer in Stille.

Reißt auf die Stirn.

Grellweiß schwebt Kugel, winziger Sonn, aus Schwärze geboren.

Platzt auf.

Springbrunnen aus Licht.

Fall in Schwärze.

Wirbelndes Sternenmeer.

Das dritte Öffnen

Da liegst du also auf deinem Bett, den Kopf auf einige Kissen gebettet und schaust nicht mehr voraus, nach vorne in den Bildschirm hinein, sondern nach oben.

Der Film – *Species* – ist aus.

Doch du bleibst liegen, und deine kopfhörerbedeckten Ohren lauschen noch immer der Musik, die zum Nachspann läuft.

Du schließt deine Augen und siehst die Decke des Zimmers sich öffnen über dir. Faltet auf sich der Raum. Lampe und Decke verschwinden wie auch längst verschwunden sind die Wohnung darüber, der Dachstuhl ganz oben und das Dach. Alles fort! Gegangen, gegangen, denkst du und schaust in dir die Sterne, die strahlen so hell und zahlreich wie nie zuvor aus Himmelsschwärze.

Doch auch *die* ruckt zur Seite.

Der Himmel öffnet sich mir.

Taucht auf dahinter strahlendes Weiß mit winzigen schwarzen Punkten darin, die du mit Augen niemals siehst, von denen du weißt, dass sie existieren.

Dann – bin ich nun blind? - vergeht auch das.

Das ist das dritte Öffnen, denkst du und öffnest deine Augen weit. Denn – du bist tot!

Du stehst auf

Du wachst auf. Und es ist tiefe Nacht. Du stehst auf aus deinem Bett, ziehst dich an und gehst hinaus.

Dort liegt still die menschenleere Straße unter dem Licht der Vollen Mondin.

Du schaust empor und siehst die Sterne leuchten aus schwarzem Samt, so hell, so klar, so laut schreiend wie nie zuvor.

Dann irgendwann - Sekunden oder Äonen später - schließt du deine Augen wieder.

Jetzt in der Leere öffnest du den Spalt. Über dir weicht die Schwärze zur Seite. Auch dort oben bricht sie auf. So gehen Dunkel und Sterne und auch die Volle Mondin dahin. Leuchtend weiß strahlt der Himmel, so hell wie nie zuvor.

Und du?

Du entfaltest deine schwarzen Schwingen.

So bricht hervor aus Menschenkörper der Falter der Nacht.

So schwebst du nun empor und hinein in das gleißende Licht, das füllt den weiten Raum zwischen winzigen schwarzen Sonnen.

Du bist eine von ihnen, doch eine, die sich anders bewegt als all die anderen. Beben verbreiten deine Flügelschläge durch Raum und Zeit.

So erzittern, vergehen, entstehen Welten.

Du lachst, du weinst,
du lächelst.

Du und ich

Ich zeige dir die Erde
und du mir das All
Kristall

Du weißt es

Jetzt wird dir alles klar, jetzt weißt du es. *Sie* haben dich hierher geschickt.

Jetzt erinnerst du dich an Ursache, Aufgabe und Ziel.

Du siehst die singenden, tanzenden Weiten vor dir.

Du findest alles wieder: Bricht auf, was lange verborgen, wacht auf in dir.

Doch noch immer bist du eingesperrt, hinter Gittern - das ist dein Körper Mensch.

Wen wundert es da, dass du manchmal schreist und brüllst: »Ich will hier raus!!!«

Ist oft verdeckt von Alltagssorgen, Arbeit, damit dein Körper überlebt.

Was aber ist mit deiner Seele?

Bisweilen ein wissendes Lächeln und Stille und Frieden.

Du Zwerg, du Staub

Wir haben gesehen die Sterne, hell und nah, wirbelndes Planetengestein und Leben aller Art. Sonnen sind wir selber!

Kleines winselndes Nichts, der du dich nennst Mensch.

Was ist dein Glück in Anbetracht der Schwärze?!

Was bedeuten schon Menschenkriege und Hunger und Folter und Krankheit und kosteten sie Milliarden Leben, die du doch täglich tötest neben dir!?

Dunkle Materie und Gott

Ein Bild in einem Artikel über den Aufbau des Universums, speziell über den indirekten Nachweis Dunkler Materie durch Raumverzerrung. Das Bild zeigt ein hypothetisches Netz von Dunkler Materie, dazwischen jetzt nicht mehr willkürlich verteilt die leuchtenden winzigen Scheiben der Galaxien.

Und was siehst du, was empfindest du bei Betrachten dieses Bildes?

Körpergewebe mit leuchtenden Nervenimpulsen oder aber leuchtenden Blutkörpern. Alles - ALL - ist ein Ganzes, EINS, Brahman, Gott, ein Wesen!

Und wie wenig und winzig Galaxien doch sind in diesem Universum, einem von so vielen! 500 000 Galaxien zählten die Forscher in kleinen Himmelsausschnitten. Wieviele Sonnen, Erden mögen da sein?

Und da gibt es doch tatsächlich noch immer Science-Fiction Romane und Serien und Filme, wo in gewaltigen Schlachten das Imperium der Menschheit verteidigt (erobert?) wird gegen die bösen Aliens - Wanzenjagd!

Wie niedlich!

Wie dumm und größenwahnsinnig wir Menschen doch noch immer sind!

Das Eine

Im Anfang war das Eine
Also alles in Einem
und Vieles daraus
- ist Werden Vergehen
Im Ende das Nichts - das Eine.

Eines Morgens

»Nichts ist!«, brüllte er.

Anscheinend war er auch gerade eben von dort gekommen, aus dem Nichts erschienen. Denn plötzlich stand er da im Saal.

»Alles ist!«, stammelte ich und sah ihn an.

»Nichts!«, schrie er noch einmal kurz auf.

»Alles!«, rief ich nun und ging mit ausgebreiteten Armen auf ihn zu.

Er stammelte: »Ni ... Ni ... nichts!«

Ich brüllte: »All ... alles!«

Dann verschmolzen wir. (Verschwunden).

Alles und Nichts sind eins.

Eines Nachts

Eines Nachts fiel mein Blick
hinauf zu den Sternen
schwang sich empor mein Geist

So dachte ich, es seien Feuer
Andere Menschen sah ich sitzen
an diesen Feuern sich wärmen
weit weit entfernt
und doch so nah

Eines Nachts geschah es

Jetzt erinnerte er sich. So oft hatte er davon geträumt. Doch diesmal war alles anders. Es kam nicht aus seinen Träumen.

Alle standen sie da vor ihm: seine wahren Eltern, Geschwister und Freunde. Sie alle, denen er als Mensch noch nie begegnet war, waren gekommen, ihn zu holen. In dieser Nacht, in dieser kleinen Stadt, heute, jetzt und hier.

So kamen sie denn aus den Weiten. Lichter und Schatten, Wesen allesamt nicht von dieser Erde. Einige insektenartig, andere wie Spinnen und Tintenfische, in vielerlei Gestalt und keine einem Menschen ähnlich.

So nahmen sie ihn mit zu den Sternen.

Nach Hause.

Eins

Im Anfang waren wir eins.

Und ich beschloss, Vieles zu werden.

So zerbarst ich im ersten Knall und schuf aus mir die Universen.

Und alle Teile aller Kosmen sind ICH.

Und die Teile sehen sich und beten sich und mich an, beten zu den Göttern, zu Gott, zu Pan, dem All.

So sehnen sich die Teile nach dem Ganzen, sehen empor in die Nacht und weinen Tränen meinen Sternenträumen zu.

Eins - Vieles - Eins

So ist es. Du beginnst zu verstehen. Du erinnerst dich.

Im Anfang ist die Einheit, das EINE, das sich spaltet, Vielfalt wird. Und die Evolution von Kosmen nimmt ihren Lauf. Geschachtelt, geschachtelt, ineinander geschachtelt werden / vergehen da Welten über Welten voller Leere, voller Leben.

Einige Wesen beginnen zu denken, zu träumen und sich zu erinnern. Ihre Seelen sehnen sich zurück ins Paradies, zurück zur Einheit mit allem, das sie einst waren.

Vielleicht aber verschmilzt alles irgendwann irgendwo irgendwie wieder. Und das Spiel beginnt von Neuem.

Eins - zwei

1

Lass uns tauchen
in die Ströme aus Klang
in wirbelnde Felder aus Licht
und werden ALL!

2

Nacht
brach da hervor
aus uns
und Raum und Zeit
und Sternenglanz

Einst

Einst lauschte ich still dem Schlag meines Herzens.
Es schlägt im ewigen Puls.
Es schlug in einer Zelle schon.
Es schlug, als Leben begann.
Es schlug in allen Sonnen.
Es schlug, als All entstand.
Es schlägt im ewigen Puls.

Einst sah ich dieses Sternenleuchten in dir, in deinen strahlenden Augen, einen Augenblick lang - für Ewigkeiten! Wie lang ist das her?

Einst waren wir eins dort oben, jenseits in endlosen Weiten.

Einst waren wir leuchtende Sterne im schwarzen Raum, träumende Schwärze in Weiß.

Und nun?

Was tust du also heute hier, allein an einem trüben, düsteren Tag?

Winter ist's, alles still und niemand da. Alle fort: Auch der einzige noch verbliebene WG-Mitbewohner aus Indonesien ist in H. bei Verwandten. Selbst der renovierende Vermieter taucht heute nicht auf. Und auch die Post kommt nicht mehr, nie mehr!? Telefon und Fax schweigen.

Also schaltest du die Anlage ein: Musik!

Aber die Boxen dröhnen nicht. Alles bleibt still.

Nur tief in dir hallt wider der Aufschrei deiner Seele: »Allein!

Empor

Er sah auf in der Nacht.

»O mein Gott - die Sterne!«, stammelte er staunend und fiel in die Meere - e m p o r !

Jetzt rast du durch die Nacht: ein Feuerball am Himmel. Und du erinnerst dich nicht, wie alles begann.

»Ich bin!«, singst du unter den Sternen mit heller, klarer Stimme (niemals mehr mit Menschenworten).

Noch immer fällst du deiner Schwester Mondin entgegen. Noch immer rast du durch die Nacht.

Neben dir leuchten andere Wesen, die glühen nicht rot wie du, sondern grün und blau und gelb und weiß in der Schwärze dieser wundersamen Nacht. Auch sie singen wie du, aber mit anderen Stimmen.

Und weiter rasen wir alle durch die Nacht: Feuerbälle am Himmel sind wir, schillernd in allen Farben.

Wir erinnern uns nicht, wie alles begann.

Kein Ziel ist da, nur Gegenwart.

Leuchtend erleuchtet sind wir.

Ende der Kindheit

Vier Milliarden Jahre lang lebten sie im Schoß ihrer Mutter und in den Armen ihres Vaters. So rasten sie dahin durch Raum und Zeit und wussten es nicht.

Denn ihre Welt war klein.

So lange dauerte es, bis sie davon erfuhren.

Dann aber ging alles sehr rasch.

Sie verließen ihre Eltern, Erde und Sonn, brachen auf ins All.

Ende der Welt

»Schau!«
flüsterte er ganz leise
es klang so fern
»Schau doch - dort!«

Und mein Blick kehrte um
Da sah ich ihn stehen so still
die Augen empor

Und hob auf meinen Geist
und sah ...
die Sterne verlöschen ohne Laut

Endlos

Du lauschst am Morgen den Klängen vom Band. Und noch unterwegs singt die Melodie in deinen Ohren.

Ohrwurm, denkst du, bohrt sich tiefer und tiefer in mein Hirn.

Blut läuft dir den Hals hinab. Du bemerkst es nicht.

Tiefer.

Keine Schmerzen!, singt deine Seele.

So gehst du weiter und erinnerst dich, wie es war und doch nie gewesen sein kann, denn du bist hier, bist unterwegs zur Arbeit.

Und tiefer bohrt sich der Wurm. Erinnern: Sitze am Synthesizer und spiele, füge eine neue Stimme zu meinem vor Jahren geschaffenen Werk hinzu. Fünf Jahre ist es her, fünf Jahre! Wie die Zeit vergeht! Und nun ...

Endlos singen die Klänge, aus indischer Tonleiter (bhairav: C - Des - E - F - G - As - H - C) gewoben, wieder und wieder und immer wieder sich wiederholend singen sie und ändern sich doch allmählich, kaum spürbar, immer ein wenig und ein wenig mehr. Endlos klingt das Lied in deinen Ohren, deinem Hirn, in deiner Seele.

Erich Zann, dessen Hände die Großen Alten führten, Erich Zann und H. P.* - seltsame Namen und Buchstaben fallen dir ein. Dies hier aber ist nicht seine noch ihre, sondern deine Musik. Ich, mein Gott, habe sie mir einst erschaffen!, denkst du und ... deine eigenen Klänge sind es, die dich nun ergreifen, packen, aus Alltagsdingen und Menschenwelt reißen. Endlos singt es in dir. Und deine Hände spielen die immer wiederkehrenden Töne. Und deine Seele singt.

Einmal hören und sterben!, denkst du noch in deinem Rausch. Dann ...

Erlöschen. Kein Denken mehr, nie mehr!

Was bleibt, ist Klang, Gesang, endlos in dir, in uns, im All.

*: H. P. Lovecraft

65

Endzeit

Brich auf, mein Fleisch!
Denn diese Wege
können Körper niemals gehen

Brich auf, mein Geist!
Denn diese Weiten
durchschreiten nur wir

WIR ist der Klang des Morgen
durch eisigen Raum
Kalt und kalt und dunkel
fühlen wir
Treiben inmitten von Staub
durch wachsende Schwärze

Längst sind die Lichter erloschen

Engel

Die Flügel der Engel, die es nie gab.

Doch, doch, die Engel schon, aber nicht ihre Flügel!?

Also sind sie nur Symbol fürs Fliegen, ein Raumschiff gar?

Also sind sie keine Menschen mit Flügeln und auch keine anderen irdischen Wesen, sondern Aliens, eben Himmelswesen von andernorts und nicht von dieser Welt.

Und das fehlende Geschlecht, das nie gezeigt wird.

Weil es niemand sah? Weil es nicht existiert?

Also heißt es nicht »der Engel« und nicht »die Engelin«, sondern »das Engel«- ES.

Oder aber sind sie beides, männlich und weiblich zugleich?

Sind sie wirklich ohne Geschlecht?

Wechselt es?

Sind sie mal so, mal so, dann anders?

Fragen über Fragen und keine Antwort.

»Schau nicht hin!«, ruft eine Stimme in dir.

Du aber tust es doch. Du drehst dich um.

Mit offenem Mund und offenen Augen, die jetzt brennen, wie auch Haar und Kleidung und Haut, so stehst du da noch immer, bewegungslos in Seinem weißen Licht.

Er

Er wusste von den verschlossenen Toren in ihm.

Dann kam die lange Zeit des Wartens.

Nach und nach brachen auf die Bilder von den Welten. Einige von ihnen versuchte er stammelnd in Klang und Wort zu bannen.

»Welche Tore?«, fragst du.

Die Tore des Tastens, des Riechens, des Hörens, des Sehens und des Fühlens, des Wissens.

Irgendwann endlich taten sich auf - nein, er öffnete sie - die Tore - Zeit des Handelns. Er schritt hinein, betrat die unendlichen Pfade, die da lagen still in ihm, schritt hinaus. Erde lag weit schon hinter ihm, verloren in Zeit. Schritt hinaus in tanzende, zuckende Räume, die Schläfer träumen ewiglich.

Dort ist er und alles, wo Zeit nicht ist noch Leben noch Tod. Dort, wo alles immer wieder beginnt, immer wieder endet. Dort, wo Klang und Stille, Licht und Dunkel, Wissen und Träumen und alles sind - EINS.

Er, der die Erde hütet

Er sah das feurige Schwert aus der Tiefe des Alls kommen, sah es zurasen auf seinen Planeten.

Also ergriff er sein kleines Schwert aus Metall, sank zu Boden in Trance und in das Nichts. So fing er ab mit seiner Waffe, die ins Gigantische in ihm gewachsen war, den tödlichen Hieb.

Wer er ist, willst du wissen?

Ach, er lebt mitten unter uns. Wenige kennen ihn. Denn er ist nichts Besonderes, keine bekannte Größe aus Politik, Business und Show. Und doch ist er der Wächter, der die Erde hütet. Er ist es, der da Tränen weint in die Nacht, wenn seine Brüder und Schwestern, wenn Menschen Menschen töten.

Er sandte empor

Er sandte empor ein Dreieck
aus brennender Schwärze
empor in leuchtende Nacht

Nach oben
wies seine Spitze
den schwarzen Sternen entgegen

Er sie es - wir

Der unter den Sternen wandelt, am Rande des Nichts, selber Stern und Schwärze.

Du kennst seinen Namen, einen seiner Namen kennst du, es ist der deine.

Und doch hat er, hat sie, hat es - und doch haben wir, die wir Einheit und Vielheit sind zugleich, viele Namen. Aber alle sind bedeutungslos.

»Bis auf einen - meinen?«, fragt sich Manfred der Magier und nickt sich selber zu und - irrt.

Erde unter weitem Himmel

Eben ist die Oberfläche der Erde, Meer und nichts als Meer, ach ja, und flaches Land.

Was bedeutet der Augenblick eines Sturmes für die glatte See, was das Auffalten von Gebirgen in Jahrmillionen!?

Denn schon ist da nur noch Wind. Denn schon schrumpfen die Berge zur weiten Fläche.

Was sind schon Städte, Häuser und Gräberhügel!

Eben ist die Erde, bis aufsteigt der Geist aus den Tiefen der Meere, aus Tälern empor, hinauf und über die Berge hinaus in die Schwärze des Raumes. Er tat es längst, er tut es, er wird es weiterhin tun. Wir nennen ihn Leben und den Wandel Evolution.

So steigen wir auf, weiter und immer weiter, hinauf und hinein in das andere ältere Meer der Sterne, *aus* der Heimat *in* die Heimat.

Nach Hause!

Erdensohn

Ich bin Robinson, auf die Insel verschlagen. Heißt: Überleben, bis Hilfe kommt aus anderen Welten.

Das dachte er einst, war und blieb auf der Erde gefangen. Denn niemand kam. So wurde er älter und lernte das Erdenleben, sein Menschsein lieben - bis es geschah eines Tages:

»Ich komme!«, rief er - wie aus einem Traum erwachend - in den Morgen: »Ich komme!«

Und die Wände seines Zimmers bebten. Denn seine Stimme - nie zuvor hätte er es für möglich gehalten, solche Laute zu erzeugen, und jetzt nahm er es nicht einmal wahr - denn seine Stimme brüllte in nie gekannten Tiefen. Also stürzten die Wände über ihn und begruben ihn unter sich.

Sie fanden ihn mit zerschmettertem Schädel, gebrochenem Rückgrat, völlig zerquetscht unter den Steinen des Hauses. »Tot, tot«, sagten sie.

Er jedoch war hinübergetreten. Lächelnd sah er sie seinen Körper bergen, lächelnd schritt er hinaus in die Schwärze, in die glühende Weite, ins Sternenmeer.

Erich Zann (1, 2, 3)*

Hörst du die Geige rasen?
Sie singt ein Lied
Und der den Bogen hält
der kennt es nicht
und spielt es doch
und spielt es nicht
Seine Hände folgen dem Klang
der zu ihm dringt aus weitem
Raum, aus andrer Zeit
Hörst du die Geige rasen?

So saß er da
den Schädel kahl und nickte stumm
Und seine Geige schrillte
hinaus in tiefes Dunkel
Doch seine Augen
starrten leer ins Nichts
Sein Leben war gegangen

Durch dieses eine Fenster sah ich hindurch
Und schaute stumm die Größe
so weit, so schwarz, so tief vor mir
Sie schrie mich an
»Hin...durch!«,
stammelte (m)eine Stimme
und sang das Lied
das mich die Sterne lehrten
Sie sang so tief
sie sang so dumpf
sie singt noch heut' die Lieder

*: Zu *Die Musik des Erich Zann* von H. P. Lovecraft.

Erinnern

Zu einer Zeit, vor langer Zeit, zu keiner Zeit, doch irgendwo: wir beide so nah, zusammen.

In uns die Worte, von dir zu mir, von mir zu dir.

Aus uns das Versprechen: »Für immer und ewig! In allen Welten, zu allen Zeiten. Du und ich, wir.«

Jetzt aber, wo du schon so lange ein Mensch bist, jetzt beim Erleben dieses Films (*Strange days*), jetzt steigt Erinnern wieder auf in dir. Und du fragst dich und brüllst den lautlosen Schrei: »*Wo* bist *du*?«

Denn jetzt bist du allein und weinst.

Erinnerung an einen Schwur

»Du schwörst, das Leben zu bewahren und auch den Tod zu lassen in seinem ewigen Lauf?«

»Ich schwöre!«

»Du schwörst, Dunkel zu sein dem Licht und Licht dem Dunkel?«

»Ich schwöre!«

»So gehe hin, mein Sohn, und sei!

Und dies nimm mit:

Einst wirst du erwachen, geboren aus dem Körper einer Menschenfrau. Sie werden dich ihren Sohn nennen.

Mensch sollst du sein unter Menschen!

Und ein Fremder unter Fremden!

- Für lange, kurze Zeit!«

Es singt

Es singt der Raum in uns

Still die Sterne schauen
Dann träumen in ihren Liedern
Und tanzend sterben

Es wächst

Es wächst in mir

Lautlos werden Bilder
wo vorher Leere
Noch abstrakt: Farben, Formen
Planeten und Raum

Zuerst die Erde
und dann die Sterne - das All

Es war Nacht

Es war Nacht
als sie erwacht
und Pflanzen wuchsen
aus ihrem Leib

Wie sie schrie
zum Lied des Lebens
so fern der Erde!

Es war so weit

Die Sternenkrieger standen auf. Denn der Ruf erklang. Überall im All erhoben sie sich.

Auch auf der Erde stand einer weinend auf vor Glück und Trauer.

Seit Äonen hatten sie gewartet, seit Ewigkeiten. Und nun ... erwachten sie alle, erinnerten sich und standen auf.

Zu welchem Kampf?, dachte er hier unten, der sich brausend nun erhob.

Die Erde bebte.

Es war so weit.

Ewig

Ewig stehen dort die Säulen und weinen.

Und kein Mensch sah je die Steine fallen, donnernd fallen - oder lautlos im Zeitlupentraum? - sah niemals sie in tausend Stücke bersten. So geht die Ewigkeit dahin. Und auch die Tränen und dein Lachen, dein Glück, dein Leben und dein Tod.

Schreiend betrittst du diese Welt, geboren aus Wasser und Wärme, aus dem Pochen eines Herzens. Sprechen lernst du, lernst zu schweigen. Ewig schweigst du dann im Grab.

Geboren in Licht und Schatten, wiedergeboren auf dieser, auf anderen Welten, wie immer schon, seit Ewigkeiten.

Fahrstuhl zu den Sternen

Kristalle wachsen in den Himmel.

Und du? Was tust du?

Oder besser gefragt: Was tun sie mit dir?

Du sitzt auf einem, der dein Geschlecht durchbohrt, und windest dich vor Lust und singst voller Ekstase ihre Lieder. Denn sie summen und wachsen und leuchten und schillern und ...

Noch immer geht es nach oben, empor in sternenklare Nacht. Sterne, die nicht zittern, denn da ist keine Atmosphäre mehr, Sterne, die einfach sind und strahlen.

So hell, so klar, so ungeheuerlich und pornografisch und auch wieder nicht, denkst du, der andere, der Mann - macht es dich an? -, der alles sah, nichts tat. Du weißt es. Du weißt es!!!

Was, was, was?

Dass du sie nie mehr wiedersiehst!

Denn sie ist zu den Sternen aufgefahren, weit, weit hinaus über ihre Schwester Mondin, die dort oben leise weint.

Falle nieder!

Falle nieder
vor meinen Augen!

Denn ich bin
die Quelle der Feuer
deren Schatten
du atmest
wenn Sonn dich küsst

Fern

Und Asche stürzt
ins Sternenmeer
war eben noch Glühen
waren Lieder zuvor
ein singender Kreis aus Menschen
der Erde entsprossen
Ins Sternenmeer
stürzt Asche nun

Festung

So langsam richte ich mich gemütlich ein daheim. Mache ich also meine Wohnung zur Festung gegen die Kälte, den Winter dort draußen.

Das fällt dir ein, als du die Tür zu deiner kleinen Zweizimmerwohnung abschließt, einer Festung vor allem gegen andere Menschen.

Und auch die Vogelspinne im Terrarium dort oben auf dem Küchenschrank hat sich ein Gespinst gesponnen, in dem sie sitzt: Das ist ihre Festung, ihr Zuhause, wo sie sich sicher fühlt, geborgen.

Jetzt schaust du von oben durch das Fliegengitter - das ist fest, also Schutz, also ohne Gespinst - zur Spinne hinein. Jetzt sprichst du sie an. Und dieser Lufthauch deiner Worte, so plötzlich, lässt sie erschreckt nach unten fliehen.

Das ist es, denkst du, DAS IST ES!!!, was die anderen, die Götter mit uns taten oder noch immer tun? Sie sehen uns zu von Zeit zu Zeit. Treiben ihre Scherze mit uns, die Götterkinder. Sie sehen und hören und riechen und schmecken und fühlen durch Mauern hindurch. Dich und mich könnten sie zerquetschen, jederzeit zu ihrem Vergnügen. Vielleicht tun sie es ja, essen Menschenseelen, ergötzen sich an unseren Qualen, zertreten uns, wie manch ein Mensch die Fliege auf dem Tisch, die Mücke auf der Haut, die Bakterien im Blut zerquetscht, ermordet, vernichtet.

Und in den Nachrichten hörst du gerade wieder von einer schrecklichen Katastrophe, bei der so viele Menschen starben. »Unerklärlich, wie konnte das geschehen?«, fragt der Sprecher. Du aber weißt Bescheid.

Feuer

Ich bin
der flammende Stern
über deinem Haupt

Schau mich an
und -
verbrenne!

Feuer des Himmels

»Ich habe die Feuer des Himmels gesehen. Überall brannten sie. Lichter in der Schwärze der Nacht! Überall brannten sie, über, neben und unter mir.«

Diese Worte stammelte er mit singender Stimme, sang er stammelnd und sank vor unseren Füßen in den Staub der Erde. Wir hoben ihn auf. Wir trugen ihn hinein in das große Zelt.

Später, als er erwachte, führten wir ihn hinaus und sprachen zu ihm: »Wir sehen sie doch auch, die Feuer des Himmels. Dort oben. Schau! Dort oben brennen sie. Wir nennen sie Sterne. Doch schau, unter unseren Füßen ist Erde, ist immer Erde oder Wasser gewesen! Niemand hat jemals gehört, dass ferne Feuer unter unseren Füßen sind.«

Jetzt antwortete er, sang nicht mehr, sondern sprach Worte in unserer Sprache: »Ich stieg ein in ein Zelt, stieg auf in diesem Zelt. Ich flog wie ein Vogel empor in die Schwärze, hin zu den fernen Feuern. Da sah ich hinab. Und unter mir und über mir und neben mir, überall sah ich die Feuer brennen. Andere Lichter sprachen zu mir, sie, die mich hineinführten in ihr Zelt und mich wieder zurückbrachten zu euch. Doch was sie sagten, ich kann mich nicht daran erinnern!«

Hier brach der Text ab, den wir mühsam entzifferten, Tausende Jahre später. Wir dachten, wenn es so war, dann muss er mit den Göttern gereist sein. Ein gewisser Däniken würde sich freuen. Er reiste mit den Göttern zu den Sternen.

Aber weshalb und wie?

Und was erzählte ihm diese Stimme? Etwas über sich, über uns? Wie wichtig war es damals, ist es heute, wird es morgen für die Menschheit sein?

Das werden wir wohl nie erfahren.

Fluch

»DU SOLLST LEIDEN!

Du sollst leiden, wie niemals zuvor, wie nie danach, wie nie ein anderes Wesen leiden muss!

Du sollst um die große Liebe der Götter wissen.

Du sollst die größte Liebe spüren, die Liebe des Schöpfers zu seinen Geschöpfen.

Du sollst sie für Sekunden genießen, um sie dann für Ewigkeiten zu verlieren.

Immer wieder sollst du diese große Liebe spüren, immer wieder in den verschiedensten Formen wird sie dir begegnen: als Frau, bist du ein Mann, als Mann, bist du eine Frau, als Katze vielleicht in deiner Gestalt als Mensch, als liebende Drachenmutter, als …

Und immer wieder wirst du deine Einsamkeit in die Leere hinausschreien, immer wieder sollst du diese Tränen der Trauer weinen.

VERFLUCHT SEI DEIN GRÖSSENWAHN!«

So singt das Ganze über den Teil, der sich für alles hält und doch nur wenig mehr als gar nichts ist. Dann stößt es ihn aus.

Und es / er / sie wird immer wieder wiedergeboren. Und seine Schmerzen enden nicht, sind Höllenqualen.

Flüstern der Sterne

Du hörst die Sterne flüstern.

»Leben«, singen sie, und »sterben« und »Zeit«.

»Was ... was ... was?«, fragst du verwundert und drehst dich im Kreis, immer schneller.

Schwärze.

Du öffnest deine Augen.

Still stehst du in weiter Wüste, allein.

Du blickst empor.

Der Himmel wird schwarz.

»Wo seid ihr?«, rufst du ins Nichts.

Dann schwindet auch die Erde unter deinen Füßen.

Du beginnst zu fallen.

Wo bin ich? Was ist geschehen?, rasen Gedanken in dir.

Du schaust nach innen. Dort leuchten Sterne - strahlend hell und gelb, dein Vater Sonn.

Dort kreisen Planeten, lebt eine blaue Erde mit einer Mondin. Ihr Ruf, ein letztes Erinn...

Frage

Eines Morgens stellte ich sie, die Frage von mir an mich: »Wer bist du?«

Und dann sprudelten diese seltsamen Worte aus mir hervor:

»Ich bin das Leben!

Ich bin die Einheit in allen Dingen!

Einheit?

Ich bin die Vielheit!

Ich bin das Leben!

Ich bin in schwarze Räume sich tastendes Licht.

Ich bin Schwärze in der Weite und leuchtender Raum jenseits der Schwärze.

Ich bin Teil der schwarzen Sonnen, die da kreisen und kreisen ohne Ende.

Schau!

Meine Sternenaugen brennen Löcher in die Nacht.

Höre!

Meine Stimmen singen im Chor der Welten.

Fühle!

Meine Hände tasten über deine Haut.

Spüre meine Gedanken in dir!

Ich bin, der sein wird, der ist, der immer schon war.

Ich bin Frage und Antwort zugleich, denn alles ist in mir verborgen.

Auch du, auch er und sie und es!

Alles ist in mir, in Uns.

Denn Wir sind das Meer ohne Anfang, ohne Ende, das Meer aus Licht, aus Schwärze, aus Farben aller Art.«

Frühlingserwachen im März

Du schaust auf aus deinen Träumen.

Gleißende Helle, Vater Sonn! Augenlicht im kühlen Morgen.

Blitze zucken. Sekundenkurz taucht auf hinter ihm der blaue Riese. In ihm als Kern ein grüner Stern.

Dann Schwärze. Geht auf die weiße, bleiche, volle Mondin. »Schwester!«

Noch immer siehst du sie an, die sich endlos spiegelt in dir.

Die Bilder werden zum Kreis, der dich umfängt.

Im Zentrum aber bist du und das Pentagramm.

Irgendwann dann aber brechen die Dämonen und Dämoninnen hervor, die du riefst.

Sie sehen dich nicht an aus blinden Augen. Sie lauschen, sie tasten, sie fühlen.

Lautlos singst du das magische Lied.

So wandelst du dich, wirst eine unter ihnen.

Und heulend rast du nun über Welten aus Eis, wo Feuer ewig brennen, die dich niemals wärmen werden.

Gate gate ...

Dort sitzt er!

Doch, was ist mit ihm?

Sie haben die Tür seines Zimmers innerhalb der WG aufbrechen lassen. Und nun stürmen sie herein:

Vermieter Schlimm, diesmal ganz aktiv und vorne weg - ja, bei der Haustürklingel ging es kurz zuvor gar nicht voran, aber was tut man nicht alles, um seine Mieter - diese Ewigstudenten und Ausländer - loszuwerden!

Und hinter ihm kommen all die anderen: Schwager und Schwester und Vater.

Nein, Neffe und Nichten, auch der Bruder und die Schwägerin sind nicht dabei.

Dort sitzt er also auf dem Bett, mit dem Gesicht zur Wand - die eine Art Zazen - und schweigt - für immer.

Seine Augen sind offen.

Seltsam, dass er nicht vornüberfiel im Augenblick des Todes, zu Boden sank danach.

GATE GATE PARAGATE PARASAMGATE
BODHI SVAHA*

Gegangen gegangen
darüber hinaus gegangen
Vollkommen offen erleuchtet gegrüßt *

*: Sutra des Herzens.

Gebote für die von anderen Welten

Du sollst sie nicht lieben!
Du sollst dich nicht paaren mit den Affen!
Keine Kinder sollst du zeugen!

Denn *du* hast das Licht der Sterne berührt -
deine ewige Liebe.

Geburt der Welt

»So sei es!«, sprach ich, der Herr, mein Gott.

Und es wurde Licht.

Und es wurde Nacht.

Und all die Farben brachen brennend hervor aus meinem zerfallenden Ich.

So wurde alles aus einem geboren.

So wurden wir.

So singen alle Kosmen meinen Namen ohne Ende:

»Preiset die Herrin!

Preiset den Herrn!

Preiset den pantheistischen Gott aller Dinge, der alles in allem ist und immer war, sein wird und ewig ist.

Preiset den einen Gott!

Amen und Om.«

Geburt zwei

Es war Nacht. Da schritten wir hinaus, als All uns rief.

Und fanden uns wieder unter Menschen und blickten empor in funkelnde Leere.

Dort sahen wir sie schweben - den Sternen entgegen, entrissen dem Meer - Delphine der Erde, sie flogen so still empor.

Und wie wir sie sahen, sanken wir nieder, berauscht durchströmt vom süßlichen Duft der leuchtenden Blumen. Einmal nur in ihrem Leben, in dieser einen Nacht waren sie erblüht. Jahre hatten sie in der Erde gelegen, gewartet auf ihre Zeit. Scharen von Faltern umtanzten ihr Licht.

Still liegen wir auf Erdengras. Wie lang ist's her, dass unsere Augen sahen? Wie lang?

Fällt ein Licht auf uns herab.

Leise brechen auf die Hüllen, fällt nieder Menschenhaut.

Wir falten aus die Flügel, die trocknen schnell in warmer Schwärze unter Sternenlicht.

Von den Windböen der Nacht erfasst schweben wir empor und finden die, die vor uns gingen.

Eins wird der Geist - du und ich und ihr und sie, nun wir - Delphine und Menschen vereint, durchschweben wir das dunkle Meer, ein andres Meer als das, das unsre fernen Mütter einst verließen, als Leben auf Erden begann.

Geburtstag

Heute jährt sich wieder der Tag deiner Geburt. Der Tag und doch nicht mehr Tag, sondern Nacht dort draußen.

Jetzt naht die Stunde, Minute und Nichtsekunde. Viele Jahre ist es her, da erblicktest du das Licht der Welt. Aus dem Dunkel, aus der engen Wasserwelt hinausgepresst in Lichterweite.

Fühlst du nicht schon die Erde beben?

Regenwolken ziehen dahin unter den Sternen.

Voller Sehnsucht wartest du.

Und Zeit vergeht.

Kein Beben, kein Donner, kein Blitz. Nichts. Bedeutungslos. Nirgendwo ist jemand, der an dich denkt!?

Du wirst müde.

Und zu jener Stunde, Minute, Nichtsekunde wirst du versunken sein. Auf deinem Rücken wirst du liegen, einsam und allein, und träumen in den Räumen, die hinter den Sternen sind.

Gedanken

Lichtsturm
- Wind aus Seide

Ich fühlte die Sonnenwinde
und sprang
in die Leere der Zeit
– weltenweit

Gedanken sangen
Worte aus Licht
- so klar

Gedanken eines einsamen Jungen

Irgendwann werde ich groß und stark sein, dann ...

Alle werden sie zittern vor mir, die jetzt lachen, ihre Köpfe schütteln und Finger an die Stirnen tippen.

Alle werden sie schreien und um Gnade flehen, die sie nie erhalten werden. Denn dann werde *ich* mein Lachen über sie werfen. Zuckende Fetzen von Fleisch werden sie sein unter meinen reißenden Klauen und Zähnen.

Oder aber ich werde weit weg sein, wo Menschen niemals existieren.

Dort werde ich in der Kälte des Raumes tanzen.

Dort, wo die letzten Reste von Leben zittern und zucken vor mir, dem tanzenden Chaos.

Gefangen in Raum und Zeit

Da kommst du also auf dem Weg zur Toilette vor dem Schlafengehen - es ist lange nach Mitternacht - an deinen Hausgrillen, den Heimchen vorbei, gehst durch die Küche und siehst sie dort huschen. Munter und heimlich auch im Dunkeln in tiefer Nacht tasten sie mit langen Fühlern.

Ob sie wohl wissen, wie klein ihre Welt ist?, fällt dir ein. Ob sie wissen, dass sie in einem Terrarium, in einem Käfig leben, gefangen sind?

Und du antwortest dir selbst: Sie wissen es nicht, aber wissen wir denn, wie Grillen denken?

Und - wo ist der Unterschied zu uns Menschen, die wir doch alle auf dieser einen Erdoberfläche leben, gefangen. Die wir doch alle nur einige Jahrzehnte alt werden, gefangen. Eingesperrt in die Käfige Raum und Zeit. Und nur wenige unter uns wissen es wirklich, haben es begriffen. Nur wenige haben es wirklich verstanden und leben dennoch und bewusst.

Wo wäre da ein Unterschied, wäre unsere Welt nur ein Traum? Wären wir alle nicht mehr als eine Simulation in einem gigantischen Computergehirn? Spielfiguren der Götter. Oder nichts als Vieh, und die Erde ihre Weide. Vieh für die Anderen dort draußen, die unsere Seelen essen und - unsere Körper holen?

Wird da ein Unterschied sein zwischen heute und morgen, wenn wir uns dann zwischen Planeten und Sternen bewegen, ewig jung und unermesslich alt?

Da ist keiner!

Immer werden wir gefangen bleiben in unseren Körpern, in Raum, in Zeit.

Und auch eine Seele oder etwas, das weiterexistiert, wenn wir denn eine haben oder hatten oder haben werden, auch sie ist gefangen in einem Körper jetzt und dann im Rad der Wiedergeburten? Oder aber in Zwischenräumen, Fegefeuern, Höllen und Himmeln oder sonstirgendwo?

Selig sind die, die nicht wissen, sondern leben. Sie schreien, sie weinen. Sie lieben. Aber nicht, weil sie es wissen, nicht, weil sie Angst haben vor dem Unbekannten.

Selig sind all unsere Schwestern und Brüder mit den Krallen, die Tiere und Pflanzen, Pilze, Bakterien und Viren auf dieser Erde.

Denn sie wissen nichts und leben dennoch.

Geh!

Wahrscheinlich war ich schon immer nur einer der kleinen Götter. Wie sonst sollte ich auch auf diesen Winzlingsplaneten gekommen sein?

»Geh!«, sprachen die großen Götter zu dem, der da lag vor ihnen im brennenden Staub des Alls. »Geh!«, sprachen sie und wiesen mir den Weg.

Und ich erblickte den Blauen Planeten in meinem Geist vor mir. Also zog es mich fort und hin zu ihm.

»Dort wirst du wiedergeboren werden. Dort wirst du leben als Mensch!«

Mensch unter Menschen. So wuchs ich auf.

Eines Tages aber sah ich das Funkeln der Sterne in der Nacht.

»Dort!«, schrie meine Seele, welch sehnender Schrei!

»DORT!«, stotterte ich staunend in die Nacht, hörte zugleich etwas reißen in der Stille.

Tat sich auf ein winziger Spalt in den Mauern des Schweigens, ein winziger Spalt tief in mir, in den Wänden, die dort wachen und mein Gestern verbergen.

Noch immer aber sah ich empor zu den Sternen und weinte Tränen in die sterbende Nacht, Tränen in den Morgen eines neuen Tages.

Jahre später schrieb ich diese Zeilen.

Gott sein*

Überall Feuer und alles brennt! All die Hütten und Häuser dieser Dörfer, dieser Stadt.

Was habe ich nur getan?!

Aber ist es nicht immer so, wenn ein kleines Kind große Macht hat?

Der Zorn eines Gottes, mein Zorn in einem unbedachten Augenblick. Und schon sind es nicht nur Häuser, sondern auch Kinder und Frauen und Männer, die brennen und schreien und brennen! Es sind Menschen ... wie ich? Menschen!

Der kleine Gott weint. Und aus seinen Tränen, die tropfen auf die Erde einer Erde, wachsen Gräser und Bäume, Wälder und Steppen und ... Menschen.

Jetzt lacht der kleine Gott.

*: Inspiriert vom Film *Es ist nicht leicht, ein Gott zu sein* nach dem Roman der Gebrüder Strugatzki.

Großer kleiner Gott

Irgendwo zu keiner Zeit.

»Ich bin der Herr (die Herrin, das Größte) aller Welten!«, schrie er (sie, es) hinaus in den leuchtenden Raum, in dem schwarze Sterne kreisen.

»Hört mich!«, brüllte er, »ich bin Gott, ich bin der Schöpfer aller Dinge!«

Aber er war es nicht, wird es niemals sein, ist nur einer unter vielen kleinen Göttern, von denen manche größer sind als er. Und alle diese kleinen Götter sind Teil des Ganzen, Teil des Multiversums, das aus unzähligen Universen besteht. Also ist er nicht der Schöpfer, also wurde er irgendwo zu einer Zeit mit dem Fluch belegt, dem Fluch aus den Schweigenden Räumen.

»Geh!«

Ausgestoßen aus den Himmeln. Hinabgeworfen in die Hölle.

Wiedergeboren auf Erden als Mensch.

Hier bin ich nun, klein und unbekannt und unbedeutend. Hier bin ich nun und weine, denn ich erinnere mich voller Demut - von Zeit zu Zeit ein wenig mehr.

Grün

Er saß im Zug, und etwas geschah.

Seine Augen waren geschlossen. Grüne Blitze, nein, ein grünes Leuchten, erst flackernd hier und dort, dann überall strahlend, schoss aus seiner Stirn nach hinten weg in die unendlichen Tiefen seines Geistes.

So rasten die grünen Flammen in die Schwärze des Alls, weit, weit hinaus zu den anderen Sternen.

Wie heilend dies war. Wie mollig die Wärme dort oben tief in ihm.

Das ist der Sternentyp. Einer von ihnen, der, den wir meinen, ist unser Vater Sonn, auch Sonne genannt.

Schau ihn nicht an!

Denn er brennt es aus und nimmt es dir, dein Augenlicht!

Irgendwo und irgendwann knien sie nieder und beten dich an:

»Du, unser Ursprung, unser Licht und unser Sehen, unser Hoffen und Sehnen. Wir lieben dich!

Du, Licht unserer Hoffnung, Quell unserer Lust, Geist unseres Körpers, unser Vater, unser Leben. Wir lieben dich!

Dort irgendwo in der ungeheuren Weite der Welt bist du, verloren, fast nichts und doch - du bist!«

Happy Birthday!

Ein Band legt sich um die Erde, ein goldenes Band aus Licht. Zunächst. Dann wird es schwarz wie die Nacht und schwer. Es legt sich über alles, was ist. Es legt sich um die Erde, nicht über die Pole, nicht um den Äquator, so schräg dazwischen legt es sich, einmal herum, dann noch einmal.

Fehlt nur noch oben ein Schleifchen, denkst du, der du alles in dir siehst, und »Happy Birthday«!

Doch, was ist das? Du hast ja Recht, da ist ein Schleifchen! Die Satelliten melden es allen.

Doch so schön es von oben aus dem Weltraum auch aussehen mag, es ist eine einzige Katastrophe. Denn alles unter diesem Band - hauptsächlich liegt es zwar über dem Wasser (erstaunlich, ohne zu versinken!), aber auch über einigen großen Städten (Europa und Südamerika) - da ist alles zerquetscht. Da hat nichts und niemand überlebt.

»Und *du* denkst an Geburtstag, ein starkes Stück! So etwas von Geschmacklosigkeit, unerhört! Kein bisschen Pietät und Anstand hat dieser Mann! Pfui, sowas tut man doch nicht! Nein, in die Ecke mit dir, du böses, böses Kind!«

Irgendwo in der Nähe, Endzeit auf der Erde, ertönt es nun (sinngemäß übersetzt): »Happy birthday to you!«

Jubel, Trubel, Heiterkeit. Das Kind hat Geburtstag, alles Gute zum 1000. wünschen die Verwandten und Bekannten. Dann reichen die Eltern ihrem »Baby« das Geschenk. »Seht nur, wie es strahlt!«

Einen blauen Ball mit schwarzem Band und rotem Schleifchen schenken sie ihm.

»Schön!«, strahlen die hellen Augen des Kindes. Will spielen!, denkt es und wirft die Kugel in den Raum.

Tja, so wurde die Erde aus ihrer Bahn geworfen - durch die Hand eines spielenden Kindes. So starben wir aus, so unerwartet, plötzlich und endgültig.

Hara

Dann brach auf die Schwärze im Zentrum deines Bauches, das ist das Sonnengeflecht, Solar Plexus, der Raum der Räume.

Staunend schaust du hinab. Dein Rücken beginnt sich zu krümmen. Du kannst nicht widerstehen. Denn es zieht deine Augen, den Kopf, deinen Geist - es zieht dich hinein in die Schwärze. Gleich den Purzlern überschlägst du dich, fällst mit dem Kopf voran in funkelndes Dunkel. Rollend, rollend und taumelnd durch grenzenlose Weite.

Strecke deine Arme aus! Werde wieder gerade!

Du tust es und nun ist es ein stilles Gleiten, scheinbares Stehen in Stille.

Erst Ruhe, dann Denken! Nur keine Panik!, flüsterst du dir selber zu und beginnst tief durchzuatmen. Atmest ein die Schwärze, Leere mit etwas kosmischen Staub vielleicht. Ich lebe!

Ja, irgendwie lebst du. Du weißt nicht wieso. Aber wer weiß schon, was Leben ist!

Staunend begreifst du erst jetzt: Bin in mir versunken, nach innen gesprungen und nun im All.

So schwebst du träumend dahin, vielleicht nur für Sekunden, Minuten, vielleicht auch Tausende, Millionen, Milliarden Jahre lang.

Denn hier gibt es keine Erdenzeit. Keine Zeit aussen und keine in dir.

Ich bin!

Heimkehr

Äonen sind vergangen, seit du sie nicht mehr gesehen.

Es ist Nacht. Du schaust empor im Gehen. Heute sind da keine Wolken. Heute ist Klarheit und Schwärze. Heute leuchten die Sterne über dir.

Du bleibst stehen auf deinem Weg. Und auch die Zeit steht still. Du streckst deine Arme empor.

Deine Seele ist sehnender Schrei, ist Wissen um Gestern und Morgen, ist schwebender Traum - empor!

Jetzt lächeln still Sterne in dir.

»Ich komme«, flüsterst du ihnen zu, »ich komme.« Du lachst und weinst vor Freude.

Dann stehst du auf, hebst dich empor. Hast die Schwerkraft überwunden und schwebst mit ausgebreiteten Armen, Kondor über der Erde.

Ein Bersten in dir, ein Knall in deinem Hirn.

Brennend siehst du deinen Körper zur Erde sinken.

Du bist. Du lächelst.

Du bist der Falter am Morgen. Du hast deine alte Hülle verlassen. Du hast dir deine Flügel erträumt. Nun bist du wiedergeboren.

Du bist auf dem Weg zu deinen Brüdern / Schwestern.

Du bist auf dem Weg zu dir.

Du bist Stern und rasender, liebender Schrei durch Schwärze.

Du weißt, sie warten mit offenem Geist.

Du bist heimgekehrt.

Heute

Heute bricht es wieder auf, denke ich.

»Was heißt ʻesʼ?«, fragst du, schaust mich verwundert an.

Also antworte ich dir: »Es, das ist das Sehen, das Fühlen, die brennende Liebe, das Öffnen der Tore, das Licht aus den Spalten, das sind die zerfließenden Gitter und Schranken, das ist das Lösen der Blöcke. Es, das ist mein Erwachen, Erinnern, ist Werden zu neuem, alten Sein. So schließt sich der Kreis und endet doch nie dein Weg.«

Und nun fahre ich fort, beginne wieder von Neuem, ich zu werden: Puls, Klang und Stille, Chaos und Kosmos, kleiner Gott unter Menschen.

Hier

Über dir ziehen dahin gewaltige Wolken.

Da stehst du auf aus feuchtem Gras. Es ist Abend und Mai, ein trüber Tag. Lange hast du geschlafen.

Nie mehr wirst du Sterne sehen!, schreit es in dir und lacht und hört nicht auf zu lachen und kichert irgendwas von »Tod«.

»Was, was, was?«, rufst du verwundert aus.

Der Himmel ist eine graue Decke aus Wolken. In dir aber, der du aufgestanden bist, wächst Zorn. Aus deinen Augen sprühen Funken. Zorn. Zorn sendet Wolken aus von Rauch. Du legst die Daumen dir an die Schläfen. Die Finger berühren sich im Zentrum deiner Stirn. So siehst du empor.

Jetzt brüllst du Feuer in lautlosem Schrei.

Die Wolken schmelzen. Es beginnt zu regnen. Du aber stehst auf trockener Erde.

Jetzt siehst du wieder Sterne. Klare schwarze Nacht über dir. Die Wolken sind gegangen.

Du setzt dich lächelnd ins Gras. Neben dir öffnen sich weiße Blüten. Schwärmer taumeln in Scharen in den Düften, umflattern dein Haupt. Staunend lächelst du den Sternen zu.

Du legst dich in den Schoß der Erde. Du schließt deine Augen. Ein sanftes Licht leuchtet im Zentrum deiner Stirn. Du schläfst. Du träumst den endlosen Traum. Über dir wachen still die Sterne.

Du triffst die anderen Wesen, auch deine Schwestern und Brüder, die Katzen. Irgendwo tanzen wir den magischen Tanz. In diesem Kreis der leuchtenden Wesen findest du sie wieder, die grünen Augen. Du hast sie immer schon geliebt.

Jetzt werden wir wieder eins, sinken nieder in das leuchtende, glückliche Land unserer Mütter.

Hier sind wir geboren.
Hier leben wir seit Anbeginn.
Hier ist Lächeln ewiglich.
Hier sind die Erleuchteten.
Hier brach einst auf der Geist.
Hier beginnt die Ewigkeit.

Hinauf, hinaus!

Lächelnd empor zu den Sternen.

Unter uns ein glitzerndes Lichtermeer.

So steigen wir auf noch immer, weiter und weiter empor und ...

Unter uns das Blau der Erde.

Hinter uns die Menschenwelt.

Atmen wir?

Wir atmen nicht!

Und unsere Flügel schlagen nicht im luftleeren Raum.

Wir schweben.

So treibt uns der Sonnenwind voran, hinaus.

Hinter den Räumen

Sieben Sonnen sah ich fallen
sieben Planeten vergehen
sieben Meere wurden zu Staub

Dann brachen auf die Himmel
Aus ihnen fiel
empor!
mein lachender Schrei:
»GEBOREN!«

Ich bin

Von irgendwoher spricht es: »Werde!«

Irgendwo strömt es da zusammen. Alles wird etwas, bildet sich. Also entsteht das Leben.

»Ich bin, hört es alle und seht mich an, ich bin!«, ruft es, das Wesen, isst und wächst und pflanzt sich fort.

»Ich bin! Will immer sein!«, brüllt es, das stirbt, es wird gefressen. Also fließt Energie, wandelt sich und bleibt bestehen.

Und schon bricht Raum, endet Zeit. Teile finden sich. Gedanken verbinden sich und denken: *Wir sind!*

Jenseits des Kreises, der weder Anfang hat noch Ende, aber ist das Lächeln der Erleuchtung.

Ich lebe

Dumpf dröhnt es aus den Tiefen des Raumes. Bekanntes entdeckt der Geist: Unendlichkeit. Die ist ihm nicht fremd, denn bisweilen ahnt er seine unendliche Kleinheit.

»Licht«, zwitschert es über den Schatten des dumpfen Unheils. Licht und Schatten sind Geschwister. Was wäre Licht ohne Schatten? Nichts! Ewiglich Gleiches nur, Ebene, Langeweile. Und wie könnte Schatten auf dich fallen, gäbe es nicht Licht. Siehe, du, der du nur Licht willst und es Gutes nennst, es ist nichts Gutes ohne Böses.

Wenn dich die eisige Todesangst umklammert, wenn du zitterst und schreist und weinst, dann ist der Augenblick der größten Liebe, dann klammert ihr euch aneinander, helft euch und werdet eins. So führen Angst und Not zusammen. Gefahr lässt Menschen Brüder werden.

»Leben«, zwitschert es, Leben, überall Leben. Leben am Rande der Dunkelheit, der eisigen Kälte des Raumes.

Und du rechnest und denkst und überlegst, bis du es weißt: Es ist nicht möglich, nein, nie kann es Leben geben hier in dieser Kälte und dort bei dieser Hitze. Leben kann da nicht sein!

Und während du die Unmöglichkeit von Leben erkennst, öffnen sich die Tore in dir, erhebst du dich, siehst du dich liegen unter dir, staunst du und rufst: »Es ist Leben, o Gott, es ist Leben auf der Welt!«

Und was will uns der Dichter mit all diesen Worten sagen?

Ganz einfach. Er spricht es aus, was auch du flüsterst beim Lesen, das Wunderbare und Unbegreifliche.

Lache, weine, tanze, rufe es hinaus (auf welche Art auch immer) in die Schlafwandlerwelt und verkünde es allen: »Ich lebe ... ich lebe ... ich lebe!

Ich - Wir

Meine Stimme schreit: ICH BIN!
Und Erde erbebt

Mein Geist brüllt: ICH BIN!
Und Sonn erzittert

Unser Geist singt: WIR SIND!
Und All bricht auf
ein Lichtermeer

Ihr Kind

Fern in anderen Weiten spürten sie seine Angst.

Einen Zweig ihres Wesens hatten sie gepflanzt in Feuer und Erde, den Lebensbereich, den im Jetzt gefangenen dreidimensionalen Raum.

Nennen wir diesen Teil ihr Kind. Sie sahen es nie, sie wussten nicht von seiner Gestalt, nichts von seiner Welt, die es und die anderen Wesen »Erde« nannten. Doch sie fühlten seinen Schrei, sein Aufbäumen, seine Schmerzen und seine Tränen.

»Ich will hier raus!«, schrie es zitternd am Morgen immer wieder - und auch noch Jahre später.

Dieser Schrei durchbrach die Grenzen, drang durch Dimensionen und erreichte sie.

Sie nahmen ihn auf. Sie speicherten ihn. Sie taten nichts. Konnten, sollten, wollten nichts tun.

Denn ihr Kind war gesandt zu sehen, zu hören, zu lernen und ... zu fühlen.

Im Anfang

Im Anfang war der Rainar
(sonst keiner!)

Und das Wort floss aus ihm
Und das Wort war Macht
Und das Wort schuf Raum und Sternenmeer

Und um die Sterne kreisen Planeten
Erde nenne ich meine Mutter
Sie ist da und Sonn und mehr

Ein Rainar auch
(so'n kleiner!)

Im Meer

Die Sterne sterben im Meer, dachte er, ein Mensch vom Land, als er da sah hinaus bei Nacht und über die See.

»Und was will uns der Dichter damit sagen?«, fragt der Lehrer seine Schüler. »Ja, was?«

Sie sind ratlos - genau wie er. Und auch der Dichter weiß es nicht und wusste es noch nie.

Denn diese Worte fielen ihm einfach so ein, irgendwann - und dann schrieb er sie auf. Und noch immer wirken sie magisch.

Und du denkst: Vielleicht ist ja kein Meer aus Wasser, sondern das kosmische Meer gemeint?

Oder aber du stellst die Worte ein wenig um zu einer Frage, und alle sind zufrieden:

»Sterben die Sterne im Meer?«

In der Nacht

Noch ging er nicht zu Bett, sondern setzte sich an seinen Synthesizer.

Dann irgendwann hatte er den Ton gefunden. Seine Seele vibrierte, sang, Ekstase! Lange-kurze Zeit, Ewigkeit.

Sträuben sich seine Nackenhaare.

Irgendetwas kommt!

Erinnern.

Du drehst dich um, während deine Finger noch immer in die Tasten greifen.

Hinter deinem Rücken, neben dir, um dich herum liegen, sitzen, stehen sie.

Alle sind sie gekommen: die kleinen Götter.

Von den Sternen herabgestiegen, deinen Klängen zu lauschen.

In dir

Lege dich nieder
in den Kreis aus Stein!

Warte auf die Zeit,
die kommt so still daher!

Schließe die Augen
und flüstere
die längst vergessenen Worte!

So werden sich öffnen
die Tore in Raum und Zeit
Und Licht wird fallen
Und du wirst sein in dir

In dir dich selbst gefunden

Nacht.
Du schaust aus deinem Fenster unter dem Dach.
Ein Beben.
Brechen auf die Schranken.
Du findest dich wieder in dir.
Sprudelndes Blut!
O zuckendes, zitterndes, bebendes Fleisch!

Da irrst du dich aber gewaltig!
Staunend stehst du da.
Nirgendwo Blut, nicht Nervenbahnen noch Muskeln!
Es sind die leuchtenden Ebenen vor dir, die führen in
Schwärze. Über dir strahlen still die Sterne.
Tief atmest du ein.
Du hörst sie singen.
Du siehst sie tanzen.
Du bist zurückgekehrt.

Irgendwoanders

Zazen.

Sitzt in der Leere mit dem Gesicht zur Wand der Rôshi.

Sein Atem ist Lächeln.

Sein Atem erlöscht.

»Meister, werden wir uns wiedersehen? Meister!«, ruft lautlos der Geist seines Schülers ihm zu.

Irgendwoanders singt irgendwer ein Lied: »See you later!«

Einer lauscht, der dieses schreibt.

Irgendwoanders sprechen Kinder: »See you later, alligator!« »After a while, crocodile!«

Irgendwoanders krächzt der Rabe: »Never more, never more, never more!«

Ich aber sehe und höre all diese Bilder zugleich und frage mich staunend und flüsternd: »Wie viele Dinge geschehen noch - hier und irgendanders-wo?«

Jenseits

Aus tiefsten Tiefen in mir
steigen auf
leuchtende Kugeln
wandeln sich
und flattern in den Morgen

Dann aber schweben
lautlos und sanft
Manta sein im andern Meer
jenseits von Raum von Zeit
wo nichts wird und nichts vergeht
wo alles ist
ewiglich

Jenseits der Zeit

Es sitzt der Mensch im Käfig der Zeit und schreit.

Leise die Jahre ziehen vorbei.

Doch unsere Gedanken fliegen hinaus, weit, weit über das Land. Ins Gestern, ins Morgen hinein, vom Heute empor.

Dort finden wir *Sie*, die da draußen stehen, jenseits der Mauern.

Lachen Sie über unseren Tod?

Jenseits von Raum und Zeit

Jenseits von Zeit und Raum, da spricht es nicht Worte, nie!

Und doch flüstern da Stimmen in dir, leuchten auf Bilder, sind Düfte. Zittern und Schaudern und Ehrfurcht - so viel Glück in dir, denn *du* bist nur ein Mensch.

»Ich bin das Licht und die Kraft und die Herrlichkeit!«, ruft es in den Dingen, die da funkeln und glänzen und strahlen. Ziehen sich zusammen, breiten sich aus ohne Anfang, ohne Ende. Da ist kein Alpha, kein Omega. Was ist, das ist, ist Sein, das lebt. Alles spricht - Billionen und Aberbillionen von Stimmen: »Ich bin!«

Ausgesandt von überall nach überall strahlt es aus dem Ursprung in die Zukunft, ist Gegenwart.

Gibt es die? Gibt es Anfang und Ende - Zeit?

Dererlei gibt es nicht und gibt es doch.

Ist nicht der Geistesblitz, der dich erreicht, wie ein Strahl durch einen Vorhang, der allzu kurz sich öffnet?

Sprechen nicht deine strahlenden Augen des Glücks von einer anderen Welt?

Manche nennen es Gott, das dort und in uns weilt.

Lachen muss der Kreis über den, der seinen Ursprung sucht. Jenseits von Raum und Zeit ist nicht Ursprung noch Dauer noch Ort noch Verweil und doch Bestehen, Sein.

Ach, wie sollen Worte, die nur Namen sind für Raum und Zeit, wie sollen Worte dich beschreiben?

Einst nannte ich dich *Licht*.

Jetzt verstehe ich: Das Licht am Ende des Tunnels, das ist das strahlend weiße All. Hinter der Schwärze lebt Licht.

Kleine und große Götter

Warum wir uns verneigen, wir alle, du und ich und er und sie und es, willst du wissen? Und wovor?

Tiefer und tiefer verbeuge ich mich, bis mein Haupt die Erde berührt und meine Lippen den Sand schmecken.

Weshalb ich das tue? Wieso wir alle das Gleiche tun?

»Ja, warum und vor wem?«, fragst du nun doch.

Geduld, Geduld. Wir tun es vor IHNEN, doch nicht, weil die Großen es uns befehlen, sondern weil wir SIE sehen und hören und riechen und schmecken und fühlen, weil wir wissen, wer SIE sind, SIE, die Großen Götter.

So verneigen sich die Kleinen vor den Großen, so verneigen wir uns in Ehrfurcht vor IHRER Größe. Und zugleich wissen wir, wer wir sind: ein Teil des Ganzen. Wir und SIE und Alles - das ist Eins. Doch schau!

Jetzt verwandelt sich die Erde unter uns in Wasser. Alles fließt. Und wir öffnen unsere Münder und fallen und trinken und sinken und tauchen wieder auf und schwimmen und schweben und fliegen flügelschlagend ohne einen Laut empor. So tauchen wir als Segler auf, gleiten als Adler durch die Lüfte. Das ist Leben, das ist Freiheit, die Menschen niemals fühlen.

In den Nächten aber sind wir flatternde, rufende Fledermäuse, folgen in rasendem Flug den Schwärmern, die wir mit unseren Mündern fangen.

Ach, zur selben Zeit aber sind wir die Schwärmer, die vor den Fledermäusen fliehen. Hören wir sie, so lassen wir uns fallen und leben. Andere aber neben uns tauchen nie mehr auf.

Alle zugleich sind wir, zu allen Zeiten: bei Tag und bei Nacht. An allen Orten: auf und unter der Erde, im und auf dem Wasser und in den Lüften. Was da im Wasser weht, sind Pflanzen, sind Tang, sind auf Steinen wachsende Algen.

Vielleicht aber ist alles nur ein Film, der die Träume Akira Kurosawas zeigt, sind alles bewegte Bilder, nur Abbild der Wirklichkeit. Das aber heißt, es - existiert!

Das Wasser fließt, und wir sind der Fluss und das Wasser und die Steine und die Algen und ...

Kleiner Gott auf Erden

So bin ich ein Gott, zum Menschen geschrumpft und ohne Macht und Größe. Denn ich wollte sein ohne Grenzen.

So bin ich nun gefangen, geborgen in Raum und Zeit, auf Erden hier und weine.

Denn ich bin ein Gott, zum Menschen geschrumpft und ohne Macht und Größe.

Das ist die Strafe für meinen Größenwahn.

Komet

Ich bin
der fallende »Stern«
der Nacht

Komm!

»Komm!«, sprach die Stimme.
Also sah ich auf und ... ergriff die strahlende Hand.
»Komm!«, sprach die Stimme in mir.
Und ich folgte ihr.

Nun bin ich hier. Endlos scheint mir das Meer, an dessen Ufern ich staunend stehe. Und auch der Raum, der die See umgibt. Wände ragen auf, die sich ins Unendliche dehnen nach oben. Da ist kein Ende in Sicht. Gewaltig, gigantisch!

Ist alles so ungeheuer gross für welche Riesenwesen? Götter gar? Oder bin ich so klein geworden?

Wände aus Schwärze, aus denen Sterne strahlen.

Dann wieder Wände aus Weiß, in denen Schwarze Löcher klaffen.

Die eine und die andere Seite des Universums.

Und nun geschieht der Wandel: Ich wachse empor, schrumpfe zugleich zu nichts zusammen, wachse noch immer empor zu allem, schrumpfe zu nichts. Bin in diesen Räumen, bin der Raum, innen und außen und dazwischen - zu Hause!

Komm näher!

»Komm näher! Schau mich an!

Sage mir, was mit meinen Augen ist! Sie brennen so schrecklich! Ich kann dich nicht mehr sehen!

Alles, was ich nicht sehe, ist Schwärze - in mir.

Ach, jetzt tauchen strahlende Punkte auf, winzige Sonnen!

Es ist so kalt hier draußen in der Weite.

Wo bist du?«

Kontakt

Da wartet so mancheiner heutzutage auf die Schiffe von den Sternen. Einst waren es grüne Männchen vom Mars und andere Invasoren. Dann wieder die Helfer in der Not, die all unsere Menschenprobleme lösen. Voller Sehnsucht ist sein Blick bei klarer Nacht ins Sternenmeer: Nach Hause!, denkt er wie E.T.

Als ob wir Menschen das nicht schon immer wären: Zu Hause. Auf der Erde und im All zugleich, heute und gestern und morgen.

»Aber noch immer ohne Kontakt mit den Intelligenzen anderer Welten«, bemerkst du.

Tatsächlich?

Ohne Kontakt für immer und ewig?

Jetzt nach Lektüre einer Story fiel ihm, einem Menschen, der gerade den sensationellen und doch so bedeutungslosen Wechsel vom Jahr 1999 zum Jahr 2000 nach christlicher Zeitrechnung erlebt hatte, kurz vor dem Einschlafen dies noch ein: Alles könnte ganz anders sein. Ähnlich dem, was manch ein Gläubiger der alten Art, aber nicht der neuen, schon immer wusste, nämlich:

Du stirbst und stirbst doch nicht. Denn nur dein irdischer Körper stirbt und bleibt im Kreislauf der Materie. Du aber erlischst nicht völlig. Etwas in dir lebt weiter. Etwas, das manche *Seele* nennen.

Dann brichst du (deine Seele) auf, so wie alle vor dir.

Mag sein, dass es deine Angehörigen sind, deine Verwandten, die zuvor starben, die dich jetzt begrüßen. Oder aber es sind all die, die da verwandt sind mit dir im Geist. Sie geleiten dich, führen dich hinaus in die Weiten, die du niemals in deinem irdischen Leben erreichen könntest.

Denn hierher kommen nur die »Toten«.

Kopf voran

Du stehst auf. Aber mit dem Kopf voran. Und voll durch die Wand!

Mein Gott, träum ich? Oder wie? Oder wo? Oder wa... Was geschieht mit mir?

Aber noch wartet nicht der Tod auf dich, hier nicht und auch dort drüben - in der Menschenwelt - lebt dein Körper noch immer.

Träumend drehst du dich um und ... siehst dich liegen in deinem Bett, auf der rechten Seite: So sehe ich also aus im Schlaf!

Dann Erwachen. Und ... du stehst auf. Aber mit dem Kopf voran. Und voll durch ...

Jetzt wendest du dich ab. Hinter dir läuft alles, was mit dir geschah, immer wieder ab.

Endlosschleife - Sisyphos!

Jetzt gehst du dem Licht entgegen, das dich rief. Jetzt hörst du den Klang. Du beginnst zu vibrieren. Das Licht wandelt sich in Schwärze. Dann schillern Farben. Und deine Seele singt im Licht, im Klang, in Stille. Tränen rollen aus deinen Augen - so salzig!, erinnerst du dich - Tränen rollen deine Wangen hinab, die nun sind wie dein ganzer Körper: aus Licht. So werden die Tränen zu Dampf, dann Feuer. Brennend tropfen sie hinab in schwarze, schwarze Nacht. Kleiner und kleiner. Dort in der Ferne leuchten sie.

Ich weine Sterne, denkst du verwundert. Ich weine Sterne in die Nacht.

Und du, Du, DU spürst sie, ihn, es, all die Schwestern / Brüder in dir. Heimgekehrt!

Alles ist eins. *WIR* lächelt es in UNS.

Kosmischer Witz

Einer von denen, die kamen von weit und wuchsen auf als Menschen unter Erdenmenschen.

Einer von denen?

Einer von uns!

Einer von uns schrieb ein Buch, das nannte er:

wir ... menschen der erde.

Kosmisches Feuer

Ich bin
das kosmische Feuer!
Komm, gib mir deine Hand
und - verbrenne!
Ich streue deine Asche in den Wind
Grün wächst empor
aus deinem Herzen

Kosmos

Einst öffneten sich die Tore in mir
Und ich fiel in den einen Raum
Kosmos
Sanft und leise schritt ich dahin
Sterne wie Staub unter meinen »Füßen«
Strahlend in mir und ich ihn ihm
Schreien und Singen und Stille
Klang der leuchtenden Sterne

Kreuzung

Jetzt bist du zurückgekehrt in die Nacht, auf die Straßenkreuzung, die liegt so leer wie einst vor dir.

Wieder schaust du empor und siehst die Sterne dort oben leuchten über dir.

»Nach Hause!«, singt deine sich sehnende Seele - und du ...

*Noch nich*t, denkt dein Menschengeist, *noch nicht!*

So drehst du dich im Kreis mit ausgebreiteten Armen, mitten auf der Kreuzung, den Kopf in den Nacken geneigt, den Blick empor ins Sternenmeer.

Welch ein Traum! Und Erinnern!

Denn jetzt bist du hier in deiner neuen Wohnung. Nicht dort draußen, nicht zurückgekehrt, *noch* nicht.

Krieg der Sterne

Dort unter Menschen sitzt es im Kinosaal in einer kleinen Stadt der Erde, das Wesen von Alpha C.

Lächelnd lehnt es sich zurück.

Oh, es amüsiert sich köstlich über irdisches SF-Spektakel, Prinzesschens Helden, Laserschwerter und dröhnenden Antrieb im All.

Hahaha, selten so gelacht!

Kristall

So sehr sehnte er sich nach Liebe.

Doch er fand sie nicht.

Wie sollte er sie hier auch finden, auf diesem kleinen Planeten? Er, allein unter Wesen, die zur Hälfte noch Affen waren, halb noch willenlose Sklavenmaschinen. Da blieb nicht viel für Geist und Liebe.

Und er ahnte, wusste von dem, was tief in seinem Innern ruhte. Er nannte es Kristall. Eines Tages, vor Jahren, hatte er ihn entdeckt. Vergeblich hob er seine kleinen Menschenarme empor, dem Sturm zu gebieten und Sonnen zu gebären aus seiner Stirn.

Daran erinnerte er sich jetzt.

Doch noch immer war er Mensch und irdischen Gesetzen unterworfen. So sank er weinend zu Boden. Dann kam Nacht - Ohnmacht.

Die anderen lachten ihn aus. »Spinner!«, riefen sie. Die anderen verstanden ihn nicht, verstanden nichts. Wenige unter ihnen waren begeistert von seinen Worten, die er gelegentlich niederschrieb, und lobten seine Poesie. Aber konnten sie ihn verstehen?

Einsam und lächelnd bisweilen, dann wieder weinend und tanzend in den Nächten, raste sein Leben dahin.

Irgendwann würde das Menschliche, würde alles, was er je gesehen, gerochen, geschmeckt, gehört, gefühlt, irgendwann würde alles, was er je wahrgenommen - ja, er interessierte sich für das Leben, studierte Biologie - irgendwann würde dies alles vergangen sein.

Doch es war da, was von den Sternen kam.

Irgendwann würde dieser Teil in ihm seine Gedankenflügel entfalten und die Reste des Menschseins mitnehmen zur großen Reise, zur Reise ohne seinen alten, toten Körper.

»Nach Hause!«, rief er einst in die Nacht, weinte er

einst, als er im Kino saß, über einen auf der Erde vergessenen Fremden, der Gleiches sprach: »Nach Hause!«

Doch *noch* war er Mensch.

Immer mehr würde er Mensch werden, je weiter er sich von seiner Geburt und allem davor entfernte.

Immer mehr würde er ein Teil der Menschengesellschaft werden.

Denn erst jetzt begann er, die Erde zu sehen und zu erleben, erst jetzt begann er, die Erde zu lieben.

So war es, so ist es. Ich erinnere mich jetzt, wo ich diesen Text noch einmal lese, jetzt, wo ich ihn hier noch einmal überarbeite und ihn dann in diesem Buch veröffentliche.

Kung-Buschmann

Kommt
lasst uns schauen
das Rückgrat der Nacht
über der weiten Steppe
das Sternenband am Himmel!

Kurz nach Mitternacht

Die Premiere in Deutschland. Endlich ist er da, der Kinostart!

Und kurz nach Mitternacht geht's los, um 0:01 Uhr ist er angesagt. Wird hier ein paar Minuten später, zudem kommen ja erst mal Werbung, kurze Pause und Getränke-Popcorn-Verkauf, erst dann: *Star Wars, die Episode 1.*

Man stelle sich nun vor:

Du kommst von oben aus den Weiten. Nun bist du mitten unter ihnen, den Fans des Sternenkrieges.

Mal schauen, was diese Erdlinge sich so erträumen von den Sternen, du bist gespannt.

Oder hat da wer von uns irgendwem irgendwas geflüstert?, fällt dir dann ein.

Legion sind WIR

Jetzt breitest du deine Arme aus - nach hinten und zur Seite. Du schaust empor.

Angestrahlt dort vor dir so nah ragen gewaltig auf die Mauern.

Das ist *unser Haus*, denkst du, dein Blick empor an der roten Sandsteinmauer der Kirche, vor der du stehst. Du schließt deine Augen, lässt die Gedankenströme enden.

Leere.

Du öffnest deine Augen wieder.

Staunen.

Denn dieses Haus vor dir ragt endlos auf. Nichts strahlt es an in diesen Himmelshöhen. Auch scheint es nicht aus Stein zu sein, sondern leuchtet selbst und wechselt die Farben in einem von dir noch nicht erfühlten Rhythmus.

Staunend stehst du noch immer da.

Dort oben aber gleiten, rasen lautlos in so vielen unsichtbaren Ebenen fliegende Autos dahin.*

Ein Ort in *zwei* Zeiten, denkst du und schließt zum zweiten Mal die Augen, die sich nun nicht mehr öffnen werden.

Leere.

»Wir steigen auf!«, singen so viele Stimmen hell und klar in dir.

Du atmest aus. Erst ist es nur ein Hauch, dann Wind, wird Sturm. Ein anderer Sound, gewaltiges Brausen dort draußen. Und auch in ihm hörst du die Stimmen, die singen: »WIR.«

Eine Träne verlässt dein rechtes Auge, fließt die Wange hinab und tropft zu Boden. Dein Menschenkörper wandelt sich. Als Erstes aber zerfließen deine Kleider. Und dann ...

*: Siehe Film *Das fünfte Element.*

Sterben, Tod, Trauer, denkst du und weinst noch immer, während du weiterhin schwindest.

Geburt - immer wieder Geburt - Wiedergeburt, singen tausend Stimmen in dir und lachen.

Draußen aber zerfällt der eine - Mensch.

Stille.

Die Stille vor dem Ton.

Denn jetzt ist Klang - ein Lied?:

»WIR werden geboren - WIR brechen hervor - so wandelt sich eins in vieles, so wandelt sich eins in UNS, singen die Stimmen. Und schwarze Flügel flattern, sind ein Summen: »WIR sind Legion.«

Gleißend blau-weiß erstrahlen UNSERE Körper für einen Augenblick, dem ersten. Dann sind da nur noch flatternde Schwärze und ein Gedanke:

Empor!

Hinauf, fort von dem Zukunftsturm, wo einst ein Haus Gottes stand, das war aus weichem Stein, eine Hütte aus Holz und Bäume vor Zeiten und Laub.

Hinfort, hinauf, empor!

So steigen WIR träumend auf, den Sternen zu, der Schwärze, die uns rufen.

WIR kommen.

Licht

Dann dieses gleißende Licht!

Zuerst in der Nacht, noch fern. Und jetzt so nah bei Tage. Und strahlend weiß!

Kommt rasend näher.

Du schließt deine Augen und bedeckst sie mit deinen Händen. Du neigst dein Haupt in den Schoß von Mutter Erde. So kniest du nieder und blickst nicht auf.

Spricht eine Stimme. In meiner Sprache, in mir?! »Schau mich nicht an!«, spricht sie.

Aber du tust es doch und hebst deinen Kopf und nimmst deine Hände fort und öffnest deine Augen und siehst ein letztes Mal das Licht und dann nicht mehr, nie mehr!, denn deine Augen brennen.

Jetzt weißt du, wer das Licht ist. Denn *noch* lebst du, qualmender schreiender Körper. Noch lebst du für wenige Sekunden.

»Ja, ich bin es!«, spricht der Engel des Herrn in dir!

Du steigst auf.

Licht und Schwärze

Irgendwann in tiefer Nacht fällt es dir ein.

Sahst du nicht eben noch - die Kopfhörer auf - diesen Film über Kafka?

Ja! Dabei kamen die Gedanken geflogen.

Und jetzt ist alles real?

Du öffnest deine Tür.

Gleißendes Licht.

Du schließt die Augen. Du tastest voran.

Wo bin ich?, fragt dich deine zitternde Seele. Zieht mich ein Sog, wohin?

Und wieder ist da eine Klinke. Du drückst sie nieder.

Du spürst die Schwärze mit geschlossenen Augen. Du öffnest sie und - siehst nichts. Du drehst dich im Kreis und siehst noch immer nichts.

Also ein schwarzer Raum, Leere. Oder aber ich bin blind, denkst du.

Und wieder tastest du voran, bis du eine Klinke spürst unter deinen Fingern. Du drückst sie nieder und öffnest die Tür.

Wieder gleißendes Licht, das dich die Augen schließen lässt. Und deine Hände bedecken dein Gesicht ein zweites Mal.

Also bin ich nicht blind. Also ist da immer nur Wechsel von Licht und Schwärze. Doch wo ist mein kleines Reich, wo ist meine Wohnung geblieben, wo Kaiserslautern, wo die Pfalz, Deutschland, Europa, die Erde? Wo?

Nichts ist da mehr von diesen Dingen!

Und je weiter du dich bewegst durch Licht und Schwärze, durch Schwärze und Licht, umso mehr verblassen alle Farben und Erinnerungen. Mit ihnen geht dahin dein Menschsein. Und es hört nicht auf.

Jetzt ist kein Erinnern mehr.

Immer schon schreite ich von einem Universum ins andere.

Da ist das schwarze All, in dem selbst Sterne nicht scheinen oder aber sie sind so unbedeutend, klein, verschluckt.

Da ist das All aus Licht, wo niemand schwarze Sterne sehen kann.

Da ist ständiger Wechsel zwischen den Welten.

Jetzt endest du, gehst auf in den anderen, die da wandeln durch Raum und Zeit.

WIR sind in allen Welten zugleich.

Licht und Sound unter der Dusche

Sonntag, später Vormittag.

Du stehst unter der Dusche. Ausgeschlafen kommt nun die Erfrischung. Du seifst dir deine Haare mit Shampoo ein, auf und ab am Hinterkopf streicheln dich deine Hände. Du hältst die Augen geschlossen und siehst ... nicht den Wasserstrahl aus der Dusche über dir, sondern Bänder aus Licht, Seidensträngen gleich, die dich umgeben und sich bewegen im Rhythmus deiner über das Haar gleitenden Hände. Wie sie leuchten und singend sich bewegen! In allen Farben schimmern sie, und schimmernd wechselt das singende Licht.

Dieser Sound!, denkst du und siehst und hörst alles wie von fern. Die Lichttonbündel aber reichen in die Erde hinein und empor in die Himmel. Da ist kein Ende vor deinem inneren Auge - kein Ende.

Und nun kommst du näher und hörst so intensiv wie nie zuvor. Da klingen Sitar, Sarod, Tamboura und Tabla.

Raga, denkst du. Raga, das ist das alte Indien.

Zeit!

Die Zeit heilt alle Wunden.

Zeitenwende.

Tempus fugit.

Chronologie, ChronosChronik*, Chronos, der Gott, das Urwesen, aus dem das Weltenei entsteht. Ja, Chronos ist sein Name und nicht Kronos, der Titan.

Das Wasser wird kalt. Du drehst es ab. Du nimmst das Handtuch. Du trocknest dich ab. Du verlässt die Dusche. Du schreibst alles auf.

*: Titel eines Buches von Timothy McNeal.

Liebe

Jetzt hebst du deine Arme empor, schaust in die Weite und siehst sie zittern. Du weinst Sterne in die Nacht.

»Ich liebe!«, rufst du hinaus, so glücklich!

Und Erde bebt.

Und Sonn zieht dich empor in seinem blauweiß-mondingespiegelten Licht.

Du drehst dich nicht um, nie mehr!

Ich liebe!, singt es in dir.

Du öffnest deine Seele der Schwärze.

Du atmest ein das Sternenmeer deiner Tränen.

Du weinst noch immer.

Du brichst ein in die anderen Räume, hebst deinen Geist aus schlummernden Tiefen.

So fallen Träume empor.

Träume?

Empor?

Ein Traum in dir, aus dir, das ist der ewige Traum.

Es ist die Flut. Ströme sind es, die dich verlassen.

Es sind Kosmen, die du gebärst.

Es ist dein Traum - die Liebe.

Liebe und Tod und Geburt

Du bist ein rasendes rotes Licht. Du schwebst durch Raum, der ist Schwärze. Hier und da so fern ein Stern.

Du denkst an *sie*.

Sie ist ein lächelndes blaues Licht, schwebt im All.

Sie denkt an *dich*.

Irgendwo und irgendwann geschieht es, treffen wir uns: ein weißer Blitz, ein Feuerball. Das ist mein Tod. Das ist dein Tod.

ICH und DU und DU und ICH sind schon vergangen. Geboren sind WIR, heller als tausend Sonnen.

Dann sind WIR Schwärze, schwärzeste Schwärze, Schwarzes Loch. Saugen ein die Raumzeit dort draußen, trinken die Sterne. Und spucken sie wieder aus auf der anderen Seite, dem strahlend weißen All.

Mach auf die Tür!

Da sitzt du also auf der Bank im Unigelände - JGU Mainz - unfern der Zoologie, wo am Wochenende das große Treffen der deutschen Arachnologen (Spinnenforscher) stattfindet.

Du schließt deine Augen, breitest deine Arme aus, lässt den Kopf in den Nacken fallen und siehst mit geschlossenen Augen den Himmel über dir sich öffnen.

Zunächst verschwinden die kleinen weißen Wolken, dann verblasst das Blau. Ein Wirbel, Trichter, tut sich auf über dir.

Jetzt öffnest du deine Augen. Dort leuchten aus Schwärze die Sterne so klar, als wäre es Nacht.

Sonst überall, für alle anderen Menschen, doch nicht für dich, ist unverändert Tag, himmelblau mit weißen Wolken.

Du aber fällst träumend empor.

Einmal noch schaust du zurück und siehst dort unter dir eine leere Bank, so klein, so weit entfernt, schon nicht mehr wahr.

Die Öffnung schließt sich.

Und alles auf Erden ist, wie's immer schon war.

Doch der Rainar ist nicht mehr da.

Magische n-d*

Linie
Kreis
Kugel
Raum-Zeit
fünf
sechs
sieben
Unendlichkeit

*: Mehrere (n) Dimensionen (d).

Manche von uns

Manche von uns leben hier unten. Denn sie werden als Menschen geboren.

Manche von uns sterben am Kreuz.

Manche von uns morden.

Manche von uns werden Genies genannt.

Manche von uns sind so wie ich.

»Komm, schau mich an!

Nein, nicht meinen Körper, der ist von hier!

Schau mir nicht in die Augen!

Sieh hinauf ins Sternenmeer!

Ja, jetzt erblickst du mich.

Schau mich an!

Was siehst du da?«

Meere

Ich höre die Wellen branden.

Es ist das Meer, das Meer in mir, das ewige Meer.

Und der Wind wird zum Sturm, der mich ergreift, erhebt, so weit empor!

Fort trägt mich der Wirbel in das andere Meer, das
Meer der Nacht, das Meer der Sterne.

Mein Wille

Ich bin der Arm der Ewigkeit.

Wenn ich will, dass die Welt endet, dann endet die Welt.

Aber ich will, dass sie lebt!

Denn ich bin besoffen.

So tanze, torkle ich unter Menschen.

Also leben sie alle und Erde und All und ...

Meine Kinder

Siehst du?

Jetzt siehst du - *sie*. Dort unten.

Und sie schauen auf, weinen, schreien, beten und liegen im Staub, dort vor den Bildern, Reliefs, Statuen, die alle dein Gesicht zeigen.

Und du schaust hinab und hörst ihre Bitten, Gebete und Lobeslieder. Aber ihre Opfer nimmst du nicht an.

Was habe ich getan?, weinst du in einsamer Nacht irgendwo in einer Welt, die nicht Himmel ist noch Hölle, in der Wesen wohnen, die sich Menschen nennen und ihre Welt Erde, in einer Welt, die nicht die deine ist, und doch ... Sie alle sind meine Kinder. Ich bin ihnen Vater und Mutter zugleich. ICH BIN IHR GOTT! Denn ich habe sie geschaffen, ein wenig nach meinem Bilde. Habe ihnen mein Wissen geschenkt und sie glauben gelehrt an mich, und dann ... Für immer und ewig werden sie meine Kinder sein. Was habe ich getan?

Noch einmal schaust du sie an, dort unten in ihrer Welt. Dann drehst du dich um und wendest dich wieder anderen Dingen zu.

Sie aber glauben noch immer an dich, der du sie nun für immer verlassen hast.

Ja, denkst du, vielleicht wiederholt sich alles immer wieder, und auch wir wurden einst von Ihm geschaffen oder auch nur verändert und dann verlassen. Und manche von uns glauben noch immer, dass Er sie, uns alle sieht und beschützt. Doch Er oder Sie oder Es wandelt irgendwo zwischen den Sternen, in anderen Welten, in anderen Universen, irgendwo ... so fern!

Meine Seele

Meine Seele schreit
in den Sternen
Du siehst sie, hörst sie, spürst sie
tief in dir
Dann stürzst auch du
brennend in die Nacht

Mensch

Irgendwo da schreit's: Ich bin!
Dies nur, dieses ist mein Sinn

Irgendwann da einst im All.
Überall ist Hall und Schall

Wir, wir sind gar stolz und mächtig
klingt es, tönt es, singt es prächtig

Dann ganz ohne Knall - der Fall!

Mensch im All

Um zu überleben in dem anderen Raum dort draußen, fern dem schützenden Mantel der Erde und dem schützenden Schirm des Sonn, um zu überleben dort draußen, darfst du nicht denken, nicht fühlen, nicht wissen, nicht leben wie zuvor.

Denn nur Leere füllt die Leere.

Wenn du reif bist, wenn du Leere bilden kannst in den Chakren: in Bauch, Stirn und Hirn und jenseits des Scheitels, wenn du Leere bist, dann kannst du leben in dieser Leere dort zwischen den Sternen.

Andernfalls jedoch wird dein Denken zerfließen, sich wandeln in nie endenden Schrei. Andernfalls wird nichts mehr bleiben von dir als Wahnsinn. Und dieser Wahnsinn wird auch deinen Körper zerfetzen. Denn du warst *etwas* in der Leere.

Die Leere aber ist stark. Sie will sein, wie alles. Also musst *du* vergehen. Denn etwas in der Leere wäre der Leere Tod. Etwas in ihrem Innern würde sie zur Unleere machen. Doch die Leere ist stark, und du bist schwach. Denn *du* bist nur ein Mensch. Also zerreißt dich die Leere, ehe du sie begreifst.

Metameer

Dort liegt Es und träumt die ewigen Träume.

Dort liegt Es und träumt am Grunde des metakosmischen Meeres.

Und Seine Träume sind Blasen, die steigen auf und sammeln sich im Metameer.

Sie dehnen sich aus.

Eine Blase nennen wir Kosmos.

Morgen in der Nacht

Du erwachst in der Nacht.

In deinem Kopf klingelt es Alarm.

Nein! Dein Wecker ist stumm. Es klingelt auch gar nicht.

Es sind Sirenen wie von Krankenwagen.

Du springst auf, du ziehst dich an, so flink wie nie zuvor. Du schaust dich um in deinem Zimmer, zum letzten Mal. Du weißt, diese Zeit ist vorüber. Während du noch schaust, springt dein Dachfenster mit einem Knall nach innen auf, fällt glühend zu Boden. Licht erhellt die Nacht dort draußen. Jetzt löst sich auch die Außenwand brennend auf. Weißes Licht, das dich blendet, dringt ein, erfasst den Raum.

Was wird aus all meinen Sachen?, denkst du noch.

Doch das Licht spricht in dir. »Mensch, komm! Es ist Zeit! Komm!«

Und du, der du demütig auf dem Boden kniest mit abgewandtem Gesicht, fühlst dich auch schon ergriffen.

Es hebt dich auf und trägt dich fort in ein anderes Morgen, dorthin, von wo es keine Rückkehr gibt, dorthin!

Musik

Lausche
dem Tanz der Teilchen
und dem Flüstern der Elektronen!

Höre
die Sterne singen ihr Lied!

Klang ist das All

Nach Hause

Der Raum bricht auf, und du gehst drauf, gehst auf im All, dachte er noch im Liegen - wie sich das reimt! -, sah die Decke seines Zimmers zerfließen.

Schwärze und Sterne über ihm.

Mit offenem Mund - Staunen - schwebte er empor.

Nebel

Ein sehnender Schrei mitten hinein in die Menge tanzender Affen. Mein ungehörter Liebesblitz: »duDuDU«.

Ein Flattern von Flügeln durch Schwärze, ein Flattern unter den Sternen.

»Komm! KOmm! KOMM!«, rufen die Blüten der Nacht, aus ihren Träumen erwacht. Ihr Nektar fließt in Strömen.

Ja, es ist Nacht, *die* Nacht, die Nacht aller Nächte.

Du schaust empor. Schwärze.

Deine Macht aber ist gebrochen. Denn sie haben dir deine Sterne genommen. Selbst die Mondin warfen sie in den Sonn. Und der ist fern, erdenfern.

Noch immer schaust du empor. Deine Arme sind ein einziges Flehen in die Himmel.

Jetzt setzt du dich nieder auf einen Stein.

Hinter dir ragen auf die Felsen, Berge gar für Menschenkörper.

Schon spürst du den eisigen Hauch.

Noch einmal aber erhebst du dich. Dann fällst du in den Schoß deiner Mutter zu...

Du bist zurückgekehrt. Nie mehr wieder werden sie dich stören, die deinen Körper dort oben still betasten. Deine Lippen tragen noch immer dein Lächeln.

Einen Augenblick zögern die Nebel, dann fressen sie das Fleisch von den Knochen, die angehoben, nun klappernd zu Boden fallen.

Wind weht Sand und Erde herbei.

Zeit deckt alles zu.

Negativraum

Funkelnde Punkte von Schwärze im gleißenden Licht. Aufgehendes Dunkel am Morgen folgt der Helle der Nacht.

»Weiße glitzernde Sterne«, sagst du. Denn so erinnerst du dich.

Ich aber sage dir: »Schau in dir, wie es dort oben ist! Schon immer sind dort schwarze Sterne. Siehst du sie schweben und kreisen und weinen?«

Du nickst - nicht und verstehst nicht, weißt also nicht, dass dort schwarze Sterne schwarze Sternenkinder gebären, die da fallen durch gleißend weißen Raum.

Du, der du noch immer weiße, glitzernde Sterne erblickst, schaust mich entgeistert an und denkst: Mann, der ist ja vollkommen übergeschnappt, gänzlich plemplem, nicht mehr ganz dicht! Oder doch dichter, ein Dichter gar?

Jetzt spreche ich nicht mehr. Jetzt denke ich dir zu und löse mich auf vor deinen Augen. Siehst du mich denn nicht? Schwarz bin ich wie meine Mutter es ist! Siehst du mich nicht schweben im weißen Raum? Hörst du denn nicht mein Weinen?

Du hörst kein Wort.

Dort aber kreisen noch immer meine Gedanken, die sind erkaltete Schwärze, Planeten genannt, sie kreisen und kreisen so schwarz um meinen schwarzen Sternenkörper.

Öffnen sich die Tore

Beim Durchschreiten des Tores die Umstrukturierung im Innern.

Oder aber alles ist schon da, nichts muss sich ändern, nichts ändert sich jemals, denn alles schlummert schon immer irgendwo in den Tiefen, wartet träumend auf sein Erwachen beim Durchschreiten des Tores.

Mein Gott! Strahlende kosmische Schwärze!

Ich kehre zurück.

Die Tore öffnen sich so weit wie nie zuvor - in mir.

Leben kehrt zurück in meinen Körper.

Liebe wieder neu.

Blüht auf bei Nacht mein Lächeln.

Pulsierender Kosmos?

Dehnt er sich ewig aus und stirbt den Wärmetod?

Oder aber wechseln da Expansion und Kontraktion?

Ewig ist der Kreis des Seins im pulsierenden Kosmos.

Im Anfang, der kein Anfang ist, denn den gibt es nicht im Kreis, im Anfang also ist der Urknall. Alles wächst und breitet sich aus, so stirbt es den Wärmetod.

Alles zieht sich zusammen und erzeugt Materie neu. Und wieder ist da ein Urknall, eins wird vieles, breitet sich aus und stirbt.

Alles zieht sich zusammen ...

Ewig ist der Kreislauf von Leben und Tod, Energie, Materie, Leere und Sein.

Unendlich: die Essenz des Alls. Die Regel: Leere.

Also ruft der Raum: »Ich bin die Leere. Leere ist Reinheit, Entropie schafft Reinheit.«

An einem Ende ist nur sie. Aber nach dem Ende, am anderen Anfang kommt Schmutz in die Reinheit: Das ist Materie: Elemente, Nebel, Steine, Planeten, Sterne. Zeit entsteht und Leben, wandelt sich in billionenfache Form.

Raum und Raum

Irgendwann schaust du wieder auf. Fast stockt dir der Atem.

Denn da ragen Wände weiß auf - vor dir, neben und hinter dir. Irgendwann müssen sie unbemerkt auf dich zugewandert sein. Jetzt sitzt du in einem Raum, der ist quadratisch und nur noch einen Meter klein auf allen Seiten, also bist du gefangen im Innern eines Würfels.

Und weiter: Warum aber kann ich noch atmen? Was passiert mit meiner verbrauchten Luft? Woher kommt der Sauerstoff?

Und du wunderst dich immer mehr: Woher kommt das Licht? Wieso überhaupt sehe ich die Wände? Denn hier sind weder Lampen noch Fenster. Eigentlich müsste alles schwarz sein.

Irgendwann fallen dir Worte ein, die Worte eines kleinen Dichters. Du lächelst zum ersten Mal wieder. Denn es sind deine eigenen Worte. Du sprichst sie laut, und Ruhe wächst aus dir:

»Nur Leere füllt die Leere. Nur Leere füllt die Leere. Nur Leere füllt die Leere. Nur Leere füllt die Leere. Nur Leere füllt die Leere. Nur Leere füllt die Leere. Nur Leere füllt die Leere ...«

Die weißen Wände schwinden.

Du fällst.

Du findest dich wieder in Schwärze.

Neben dir funkeln die anderen.

Auch dich nennen die Menschen nun Stern.

Raum-Zeit

Ich sehe auf in die Himmel
und schaue in Raum und Zeit

Denn wenn ich Raum sage
so sage ich auch Zeit
Sage ich Zeit
so sage ich auch Raum

Regenbogen

Und es sind meine Tränen. Licht ist meine Stirn. Und ich halte meinen weinenden Körper mit meinem Geist so eng umschlungen und wiege ihn im Sonnenwind.

In mir brennen die Sterne ewiger Liebe.

So beginne ich zu träumen.

Welten über Welten erträume ich mir und einen Regenbogen dort am Horizont eines blauen Planeten und auch ein weinendes Wesen Mensch, das alles hört und sieht und fühlt.

Reisen

Einst setzten wir
an den Küsten der Meere Segel
und wagten uns hinaus in die Weite

Suchen und Finden

Kommt lasst uns beginnen nun
die Reise über das andere Meer
Das ist der Weg zu den Sternen!

Risse, Ruf und Rose

Die Teile erinnern sich. Sie sehen die Risse im Einen und weinen. Schwarze Risse im weißen Licht, vom Zentrum zur Peripherie, hindurch durch all die Dimensionen.

Die ewige Wiederkehr des Gleichen: Wie die Kosmen expandieren, so teilt sich das Eine in Viele. Und wie die Kosmen kontrahieren, so werden die Teile wieder eins.

Irgendwann ertönt der Ruf, der durch die Universen hallt, der lockt die Teile zu sich. Alle folgen und werden wieder eins.

So dachte er einst, ein Mensch der Erde. Weinend sank er zu Boden, Tränen aus Liebe und Glück.

In seinem Kopf leuchtet die Rose, deren gefallene Blütenblätter sich aufhoben von der Erde, zurückkehrten zur Pflanze und formten die rote Blüte.

Rot

Irgendwer schreit.

Du aber öffnest deine Augen nicht, die zucken und zucken.

Also ein Traum?

Und die Welt ist rot.

Blut - Blut! - Blut?

Eine weite Wüste aus rotem Sand. Darüber ein glühend roter Himmel, nirgendwo Wolken. Und auch du ...

Deine Hände und Arme sind rot, aber doch noch von menschlicher Gestalt. Und auch dein ganzer Körper, soweit du ihn siehst, nackt und rot wie der Sand, das Land, der Himmel über allem.

»Wo bin ich? Und wer?«, flüstert deine Stimme dir zu.

»Noch immer der, der ich war? Ein Mensch?«

»Ja!«

Und wieder schreit irgendwo irgendwer.

Die Stimme, so bekannt.

Könnte meine Stimme sein. Schrei ich allein in weiten Wüsten?

Du gehst weiter, immer weiter voran. Und nichts ändert sich. Gehe ich überhaupt?

Du hältst an und drehst dich um. Hinter dir bleiben zurück die Abdrücke deiner Füße im roten Sand. Kein Wind und keine Bewegung in der Erde. Es ist wie auf der Mondin einst, du erinnerst dich an die Spuren der ersten Astronauten. Damals und ewig in dir.

Jetzt aber gehst du weiter deinen Weg der Farbe Rot.

Ruf des blauen Sterns

Schweben dem Rufen entgegen.
Er ruft uns.
Wir wissen, wir werden verbrennen in Seinem Atem.
Wir kommen.
Er ruft uns.
Schweben dem blauen Stern entgegen.
Er ruft. Wir kommen. Wir wissen, er wird uns töten.
Schweben hinein.
Vergehen.

Wir rufen. Wir warten.
Wir rufen.
Wir wissen, sie werden kommen.
Wir rufen ...

Ruf des Traumes

Es ist der Ruf in der Nacht.

Und du, erwacht, stehst auf aus deinem Bett und gehst zum Fenster.

Jetzt öffnest du es, schaust hinaus und - empor.

Dort oben brennen still die Sterne.

Es ist ihr Ruf in dir.

Von irgendwoher trifft dich der Lichtstrahl eines Sterns, vor Ewigkeiten ausgesandt. Du siehst ihn an. Er ist in deinen Augen. Er ist in deinem Geist. Er ist in dir. Er brennt in deiner Seele.

Du bist in einem schwarzen Raum. Ein in allen Farben funkelndes Licht steht vor dir.

Du siehst dich nicht.

Bin ich denn noch ein Mensch?, fragst du dich. Auch ich könnte ein leuchtendes, in allen Farben glänzendes Licht sein.

Du wartest auf die Dinge, die da kommen. Du schwebst auf das Licht zu.

Wir werden eins. Wir sehen die Kosmen, Geburt - Leben - Tod, Tod - Leben - Geburt mit anderen Augen. Wir haben keine Augen. Wir sind Denken und Wissen und Fühlen. Wir sind in den Welten. Wir sind in der Zeit. Wir sehen uns geboren. Wir sehen uns wachsen und schreien und lachen. Wir sind unsere Sehnsucht nach den Sternen. Wir sind die Sterne und die Schwärze selbst. Wir sind Kosmos und Chaos zugleich.

Du erwachst in deinem Bett. Es ist Morgen.

War alles nur ein Traum?, fragst du dich.

Oder ist mein irdisches Leben der Traum?

Sind alle Dinge in Träumen geborgen / verborgen?

Ruf in der Nacht oder Metamorphosen

»Komm!«, ruft es aus dem Licht in mir.

»Komm!«, singt der leuchtende Klang.

»Komm zurück!«, hallt es wider in meinem Kopf. Und ich fühle Heimweh.

»Komm!«, rufst du und willst mich.

»Komm!«, singt die Nachtigall auf der Erde. Und ich weiß nicht, wohin. Wo ist mein Zuhause?

»Hier!«, singt es aus der Reinheit.

»Hier!«, spricht die Mutter und wiegt mich - nicht in den Schlaf.

Denn klar und umfassend wird mein Verstand. Und ich sehe das Pulsieren, kenne das Sein, bin überall in unserem Universum, übersteige die Schranken, befinde mich in allen Kosmen zu einer Zeit, ungeteilt.

»Sieh! Das ist deine Heimat! Komm und sieh! Das ist deine Welt. Komm zu uns!«, singt der Chor der Elfen in einem anderen Raum und zieht mich an.

»Bleib!«, brummt und summt die Erde. »Du bist unser Sohn!«, spricht das gelbe Licht des Sonn. »Bleib bei deinen Eltern! Denn hier leben deine Brüder und Schwestern. Hilf ihnen, bleib!«

Doch auch Elfland zieht an mir. Weiß nicht, wo soll ich sein?

Da lachen die Räume, nehmen mich an die Hand wie ein kleines Kind und sprechen: »Fühlst du es?«

Ja, der Embryo wächst. Er wird geboren. Also ist die Erde seine Heimat.

Doch größer werden alle kleinen Kinder. Und sie beginnen, die Umgebung zu erforschen.

»Komm zu uns! Wir sind deine Heimat. Kommt alle, ihr Menschen, die ihr erwachsen werdet! Kommt! Wir sind Heimat, wir sind Zukunft. Kommt!«

Also kam die Zeit, da waren wir bereit und entschlossen.

Und siehe, da standen auf Geist und Fühlen und See-le. Alles wuchs, entfaltete die Flügel.

Und wir brachen auf in die unendlichen Weiten von Raum und Zeit. Von Heimat zu Heimat, von Haus zu Haus, nach Hause.

Sage das Wort!

Sage das Wort!
Und Erde bricht auf
Geboren werden wir

Denn unter der schwarzen Erde
brennt weiß das Feuer
Denn hinter dem gleißenden Licht
träumt schwarz das All

Und in der Schwärze
leuchten die Sterne

»Nur Sterne?«, fragst du

Sandburgen bauen

Stell dir vor ein kleines Kind.

Da sitzt es im Sandkasten und spielt.

Vielleicht sind es aber auch mehrere Kinder, die bauen gemeinsam eine Burg aus Sand am weiten Strand eines Meeres. Ebbe.

Irgendwann aber wird die Flut kommen, weißt du.

Sie aber wissen es nicht.

So ähnlich, dachte er und lachte aus vollem Herzen eines Morgens zu Hause am Frühstückstisch. Kitaro lief im Hintergrund. Nur dass es kein Sand ist, mit dem sie spielen, und dass sie keine Burgen bauen und dass es keine Menschenkinder sind!, dachte er weiter und kicherte.

ES oder SIE schaffen Universen aus sich, die da entstehen, werden, vergehen. Universen mit Aberbilliarden von Wesen. Und wir Menschen sind mittendrin, in *einem* von vielen zu *einer* Zeit, und schauen auf und sehen die Kinder nicht und nennen sie Götter und sehen das Kind nicht und nennen es Gott.

Manchmal aber, ganz selten nur, fällt einem kleinen Menschen etwas ein, und ist es nur ein Gedankensplitter wie dieser. Dann schreit er auf oder windet sich in Wahnsinn oder aber kichert und lacht vor Vergnügen und lacht und lacht und will nicht aufhören zu lachen. Und wenn er nicht gestorben oder wieder in den Alltagstrott zurückgefallen ist, dann lacht er noch immer.

Der Erleuchtete aber, Buddha, schaut hinter die Dinge und lacht nicht, sondern lächelt - ewig.

Schatten und Licht

Mitternacht. Du drehst dich um.

Dort wandeln die Schatten. So lautlos und schwarz unter dem Laternenlicht. Und das hier und heute mitten in einer kleinen Stadt.

Sie drehen sich um.

Was tun sie?, wunderst du dich noch einen winzigen Augenblick lang. Dann siehst du sie an und erkennst: Alle tragen sie mein Gesicht!

Sieben Schatten schreiten still auf mich zu. Einer lacht, einer weint, einer schreit vor Schmerzen, einer ist so wie ich: voller Angst. Einer träumt, einer lächelt, der Siebte aber glüht auf, wird weißes Licht.

Ich breite meine Arme aus, heiße sie alle willkommen.

So verschmelzen alle miteinander, einer nach dem anderen. Und mein Gesicht gibt sie alle wieder, einen nach dem anderen: erst mein Lachen, dann mein Weinen, dann meine Schreie, dann meine Angst, dann meine Träume, dann mein Lächeln, und schließlich bin ich Licht.

Jetzt begreife ich, dass sie viel mehr sind als Schatten und Licht und Gefühle. Sie sind meine Vergangenheit, Gegenwart und Zukunft. Sie sind mein Leben.

Jetzt weine, lache, schreie, lächle, liebe ich, bin ich erleuchtet zugleich. So viele Farben, so viel Wandel in meinem Gesicht.

Jetzt stehe ich auf. Und Erde bebt.

Jetzt schwebe ich empor und sehe Mutter unter mir.

Jetzt bin ich überall auf ihr zugleich.

Jetzt schaue ich die Mondin, die Planeten und Asteroiden und all die anderen Monde dieses Systems. Ich sehe und höre und taste und fühle das Leben auf ihnen, jetzt und einst und morgen.

Jetzt verschmelze ich mit Vater Sonn. Und durch das Sonnentor stürze ich in das andere All. Zu Hause!

Schau!

Schau!
Die Sterne brennen
schwarz
im strahlend weißen All

Die scheinbaren Zufälle des Lebens

Ein Kollege von mir spricht von dem Film, der gerade läuft: *Dune*, der Wüstenplanet, die Verfilmung von Frank Herberts Roman. Es ist klar. Den muss ich sehen. Kein Weg führt daran vorbei.

Heute sah ich ihn und fand mich wieder, spielte die Rolle meines Lebens. Denn ich war Muahdib.

Doch ein wenig anders ist sie schon, meine Realität heute und gestern und morgen. Denn ich bin nicht der Sohn eines Herzogs, sondern lebe jetzt hier unten auf Erden.

Mein Schwert ist die Flamme der Kerze. »Ewigkeiten« brennt sie in mir. Dies ist das Licht, aus Schwärze geboren. Licht und Schwärze sind eins. Ich bin der Träger des Lichts.

Manchmal erinnere ich mich.

Einst schrie ich den Schrei »Geboren!« in das Nichts.

Und aus mir brachen auf die Universen, Räume und Zeiten.

Meine Kinder aber sind Leere und Stein und Leben.

Die Schiffe

Über uns standen still die Schiffe
geboren aus dem Nichts

Und warfen aus
ihre Netze aus Klang

Menschenfischer

Der Schläfer

Wolken steigen auf aus ihm
Es sind des Schläfers Träume!

Wolken werden zu Wirbeln
Räume bilden sich zu Kosmen

Und dann
die Geburt der Sterne!

Das Schlafende erwacht

Das Schlafende erwacht
und öffnet seine Augen
ES hat keine Augen
Doch das Schlafende erwacht
Und Beben, Donner, Lichterschrei
zuckt durch alle Universen
Denn ES ist erwacht
erhebt sich
Also enden SEINE Träume
Also ...

Schlag des kosmischen Herzens

Aus *Einem* erst
die Leere wird
und All entsteht - vergeht
zu *Einem* dann

Schließe deine Augen!

Schließe deine Augen!
Wärme ist im Zentrum der Stirn
und dort das All!
Durchgleite die Schwärze
UNS!

Schneller als Licht

Eilen in die Unendlichkeit hinaus, überholen das Licht und lachen. Durchqueren den Raum, schneller, leuchten heller als 1000 Sonnen. Brechen entzwei, teilen, vermehren sich.

Und du auf der anderen Seite empfängst sie, kaum dass sie ausgesandt, antwortest, kaum dass sie empfangen.

Gefangen ist dein Körper in der Zelle, Schleier aus Schwärze vor deinen Augen. Sie aber entwischen, durchbrechen alle Mauern des Schweigens und der Dunkelheit, durchstürmen die Schranken des Lichts.

Antworten jenseits von Raum und Zeit branden zurück, am Ziel, kaum dass der Schrei stumm ausgesandt, lösen Ketten, machen frei, schneller als Licht:

Gedanken.

Schritte in andere Welten

Trete ich also durch Mauern in tosende Feuer.

Dort schmilzt brennend mein Leib.

Aus Asche steigt empor mein Geist.

Und wieder gehe ich durch Mauern und trete ein ins Licht kommender Tage.

Hier, wo neue Körper warten, wo wieder beginnt mein Weg, lächeln mir zu meine Eltern. Denn Freude herrscht über meine Geburt.

Irgendwann aber werde ich aufsteigen ohne Körper aus meiner Asche und wieder singend werden der große Ton.

Schritt vor

Schritt vor
Fall in brausend-brüllend Meer

Schritt vor
Du gehst deinen Weg durch Zeit

Schritt vor
Die Zeiger rufen den Abend dir

Schlag Herz
Tag und Jahr und ...!

Leise ticken ihr Lied die Uhren
Dreht sich die Erde und kreist
Sonn und Sterne – Galaxien

Denn ich bin
du und *er* und *sie* und *es* und *All*

Schwärze

Wir sind die Schwärze des Alls
die das Licht der Sterne schluckt

Wir sind die schwarzen Sonnen
im strahlend weißen Raum

Wir sind Schwärze

Schwarz brennen unsere Seelen
in Schwarzen Löchern

Schwärze, die ihn holt

Freitagabend irgendwo.

»Was ist denn los? Sag mal was!«, meint sie zu ihm, der da mit dem Rücken zu ihr im Wohnzimmer sitzt. Sie kommt natürlich gerade aus der Küche vom Geschirrabwaschen. Und der Fernseher läuft - Fußball!

Doch *er* bleibt stumm wie üblich. Und alles ist wie immer?

Nein! Denn jetzt dreht sich der Stuhl und er mit ihm. (TOTALE: Ihr Gesicht)

Sie will schreien.

Schreit sie?

Nein! Der Schrei bleibt ihr im Halse stecken. So öffnet sie nur den Mund vor Staunen. Denn dort, wo sein Gesicht sein sollte, ist nichts als Schwärze.

Was ist das?, denkt sie. Mein Gott, ich werd noch wahnsinnig! Spinn ich denn?

Da ist ihr, als lächle die Schwärze ihr zu.

Ihr Mann steht auf, fällt auf die Knie, vor ihr?

Der Herr im Haus! Hihihi! Träum ich?

Er aber hebt seine Arme empor. Und nun werden auch sie und der Rest von ihm vollkommen schwarz.

Dann spricht er doch, lautlose Worte in ihrem Kopf: »Alles Gute, Schatzi! Ich folge dem Ruf der schwarzen Nacht.«

»Bleib!«, schreit ihr Mund - trotz allem, was war (und nicht war). »Bleib!«, flüstert ihre Seele der Schwärze zu.

»Ich gehe. Dorthin (weist sein gebeugter rechter schwarzer Arm, sein Zeigefinger nach oben), nach irgendwo dort draußen. Machs gut!«

Die Schwärze schwindet ihr aus den Augen. Der Fernseher läuft unbekümmert weiter - wie sollte es auch anders sein!? Er sieht ja nichts, weder fern noch nah! Alles ist, wie es war, nur er ist nicht mehr da.

In ihr aber steigt auf eine andere Schwärze, löscht aus die Welt ihr vor den Augen. Ohnmächtig sinkt sie zu Boden.

Nie mehr sollte sie ihn wiedersehen. Irgendwann verschwand auch sie. Doch sie starb wie die meisten Menschen: in einem alten Körper, mit einem letzten Atemzug und ohne ein Lächeln in den starren Augen. Und ab ging's dann ins Grab!

Ob sie sich jemals wieder trafen - dort drüben, irgendwo?

Der Schwärze entgegen

Es ist Abend. Du öffnest deinen Mund. Du hebst deinen Kopf, lässt ihn nach hinten in den Nacken fallen. So rufst du die anderen, die sind wie du. Du heulst den Schrei des Schakals.

Und das Tor öffnet sich.

Du bist der Erste hier. Also wartest du auf deine Schwestern und Brüder.

Sie antworten dir von fern, sie heulen dein Heulen dir zurück.

Du lächelst, denn du weißt: Bin nicht allein und war es nie. Dann gehst du als Erster - noch immer aufrecht, denn *noch* bist du Mensch - lächelnd und voller Kraft der Schwärze hinter dem Tor entgegen.

Eisige Leere saugt dich an, packt dich Menschenwinzling, reißt dich hinein.

Längst hast du das Bewusstsein verloren.

Längst ist Schwärze auch in dir.

Schwärze und All

Nacht war es längst. Flach auf dem Rücken auf dem Boden seines Zimmers lag er, zurückgekehrt aus der *Kerze*, einem der vielen Asanas im Yoga. So lag er da und lauschte den elektronischen Klängen, die er einst aus sich erschaffen hatte. Und seine Musik füllte den Raum dort draußen und in ihm. Ruhig brannte die gelbe Flamme einer roten Kerze.

Irgendwann passierte es dann:

Zunächst spürt er gar nichts, dann fällt ihm dieses Nichts doch auf. Dort hinter seinem Gesicht fühlt er - nichts! Da ist nichts mehr, denkt er. Mein Hinterkopf ist weg. Nur Schwärze dort!

Aber die Schwärze war nicht vollkommen, in ihr leuchteten still die Sterne. Also war da sein Gesicht, das aus dem Kosmos lugte, nicht viel mehr als eine Ebene, hinter der die anderen Dimensionen verborgen ruhten.

In sich sieht er das Bild, in sich sieht er sich liegen, sieht sein Gesicht, sieht die Sterne leuchten in der Schwärze des Alls.

Auch ist da kein Zimmer mehr.

In mir, denkt er, in mir!

Und die Sterne sangen sein Lied, ach nein, seine Klänge waren ja die Lieder der Sterne, die sie sangen in ihm.

Dann aber fraß die Schwärze auch sein Gesicht und den restlichen Körper auf.

Wie es geschah?

Es krümmt sich der Raum. Es expandieren Leere und Sterne.

Brandungswellen türmen sich auf hinter deinem Gesicht dort im schwarzen Meer, von allen Seiten: Rechts und links und oben und unten brechen sie hervor, fallen sie hinab und treffen sich dort vorne vor deinen Augen. Sie spülen es weg.

Dann branden die Wellen der Nacht ein zweites Mal an. Dort, wo dein Kopf einst war, türmen sie sich auf und schlagen hinab über Rumpf und Beine bis hin zu den Zehenspitzen.

Nichts bleibt zurück von dir.

Nichts bleibt.

Irgendwann stoppte der Cassettenrecorder, und auch die Kerzenflamme erlosch. Stille war nun im Zimmer, das er einst bewohnte. Von ihm aber blieb keine Spur.

Ach, Stille ist in ihm, der da gedankenschnell, überall im All zugleich, lachend und weinend, lächelnd und träumend weilt.

Schwarz und Weiß

Die Endzeit war gekommen. So schien es.

Still stand er da. Er hielt das leuchtende Schwert in beiden Händen, hielt es erhoben vor sich in den Raum, hielt es über einer schwarzen Erde. Er aber war ein Wesen aus weißem Licht. Und auch sein Schwert strahlte weiß über einer schwarzen Welt.

Andernorts zur gleichen Zeit oder aber am selben Ort zu anderer Zeit oder irgendwo und irgendwie dazwischen:

Er hielt das schwarze Schwert in beiden Händen, hielt es erhoben vor sich in den Raum, hielt es über eine weißstrahlende Erde. Er aber war ein Wesen aus Schwärze, trank das Licht der Sterne. Und auch sein Schwert war ein schwarzer Schatten über einer weißen Welt.

Langsam senkten sich beide Schwerter. Und beide Welten zerbrachen in lautlosem Schrei.

So wurden beide - Schwarz und Weiß - frei und trafen sich dort im All zum ersten und zum letzten Mal.

Das aber geschah so:

Lächelnd schweben Schwarz und Weiß aufeinander zu. Lächelnd heben beide ihre Schwerter zum Schlag. Dann treffen sich die Klingen aus Schwärze und Licht. Ein Beben durch Raum und Zeit, pflanzt sich fort äonenlang.

So wurde eins, was lange getrennt, sanfter Schimmer nun, nicht strahlendes Licht, nicht hungrige Schwärze, ist jetzt ein Leuchten in allen Farben, pulsierendes Wesen, das singt in allen Stimmen. Wiedergeboren schwebt *ein* Wesen, eins mit kosmischem Klang.

Jetzt aber beginnt die Zeit der Geburten. Sterne aller Farben brechen hervor aus Ihm, Meere von Sternen, Galaxien, Kosmen. Und in allem sind Seine Farben und Seine Klänge - also auch schwarz, also auch weiß, die nun getrennt sich irgendwann wieder vereinen werden.

Schwarze Löcher

Wir warteten an den Toren.

Irgendetwas sollte kommen. Wir waren da, um es aufzuhalten, es, das wir nicht kannten, das ein Grollen war, das sein Kommen vor sich herschrie, das Angst in uns unermesslich wachsen ließ.

Wir hatten alle Waffen, die es gab. Wir waren bestens gerüstet - dachten wir. »Soll nur kommen! Wir werden's ihm schon geben! Den machen wir fertig!«

Alle saßen wir in unseren Schutzräumen an den Toren, als es gekrochen kam. »Haha!«, ein winziges Wesen, schwarz und weiß und rot, wie ein Wurm, ein nacktschneckenartiges Ding, das unser Tor langsam durchkroch. Und keiner von uns fragte sich, warum wir es nicht schon lange Zeit vorher gesehen hatten, bei der Geschwindigkeit! Wir lachten vor Erleichterung. Im Nu waren alle unsere Ängste verflogen. »Eine Schnecke! Hahaha!« Und wir glaubten, sie lächle zurück, so schien es uns zumindest.

Dies war der Augenblick, wo die winzige Schnecke ihre Augen an den Spitzen der Fühler, die die Wächter des Tores jetzt erst bemerkten, öffnete. Und in diese Augen aus Schwärze fielen magisch angezogen ihre Blicke. Und schreiend folgten ihnen ihre Körper nach. Sie alle flogen hinein in die unendliche Augenleere und -schwärze.

Das Schneckenwesen aber schloss seine Augen wieder, seufzte zufrieden und gesättigt leise auf. Doch das hielt nicht lange vor. Schwarze Löcher sind unersättlich. Und zitternd vor Verlangen setzte es fort seine lange Reise, die es nun durch diesen einen Kosmos führte. Also erhob es sich schweigend, schwebte empor in die schwarze Nacht, anderen Sternen und Planeten entgegen, wo es andere Nahrung gab. Denn es hatte nicht einfach nur Hunger, war mehr Feinschmecker, Gourmet.

So liebte es die Abwechslung, mal dies, mal jenes Leben zu verzehren. Also erhob es sich schweigend in dieser längst vergessenen Nacht in den schwarzen, sternenübersäten Himmel eines kleinen Planeten, den die Wächter der Tore *Erde* nennen.

Ach ja, die anderen Wächter. Sie hatten nichts gemerkt, noch immer warteten sie, obwohl sie sich wunderten, dass das Grollen aufgehört hatte. Noch immer warteten sie auf das Ding, welches da kommen sollte und niemals mehr kam. Später fanden sie das verlassene Tor, wunderten sich, suchten und fanden nichts und niemanden mehr. Keiner war übrig, der hätte erzählen können, was geschehen war. Auch alle automatischen Aufzeichnungen, wenn es denn welche gegeben hatte, waren gelöscht. Nichts war geblieben abgesehen vom Tor.

Nur du, lieber Leser hast es erfahren.

»Wie?«, fragst du dich und mich verwundert. »Wie kann ich erfahren, was keiner weiß außer einem?«

Ganz einfach, du erfuhrst es von uns, für die Zeit keine Schranke ist. Denn alles, was geschieht, was je geschah, was jemals geschehen wird, alles ist ewig. Wir nehmen es wahr. Wir können es dir erzählen, wenn du Ohren hast zu hören, wenn du Augen hast zu sehen, wenn du staunend dich uns öffnest, flüstern wir es dir ein - in deinen Träumen.

Schwert

Meine Seele ist ein Schwert
Strahlend schneidet es die Schwärze
Lachend purzeln Sterne hervor

Seelenreise

Gestern glaubtest du noch, Fliegen wäre grenzenlos. Nichts hielte dich auf dort oben in den Lüften. Über den Wolken wärest du frei.

Heute weißt du, dass es nicht so ist. Nun glaubst du, die Reise deines Geistes, deiner Seele, deine körperlose Reise durch den Kosmos wäre grenzenlos. Nichts und niemand könnte dich hindern.

Morgen ...

Sehnsucht

Siehst ein Licht in rabenschwarzer Nacht, das heller strahlt als alle Sterne.

Es zieht dich an.

Du kannst nicht widerstehen.

Also stehst du auf, gehst ihm entgegen.

Türen öffnen sich ohne Laut vor dir.

Du schreitest hinduch.

Keine Wiederkehr. Nichts kehrt jemals wieder zurück - also auch ich nicht mehr.

Du wendest deine Augen noch einmal ab vom Licht, einen Augenblick lang, siehst neben dir Flügel lautlos schlagen - ich gehe nicht mehr, ich fliege! - und unter dir, hinter dir leuchtet Erde so blau.

Du schließt deine Augen und schaust in dir das Licht in rabenschwarzer Nacht, das dich ruft und dem du folgst.

Sein

Sein in einem Meer von Zeiten
und Höhen und Tiefen und Breiten

»Ich bin!«
singen du und wir und sie

Treiben dahin auf den Inseln
über schwarze Leere

Sein und Werden

Du sagst mir deinen Namen, sprichst:
»Ich bin (Manfred / Nairra / ...)«

So hebst du auf Werden und Sein
So hebst du auf Zeit und Raum
im ewigen Puls des Alls

Seine Hände

Seine Hände suchten Halt
Seine Hände griffen ins Leere
Und er fiel und fiel und fiel
e m p o r !

Sender

Ich bin ihr Auge und ihr Ohr und ihr Fühlen. Ich bin der Sender. Sie sehen, sie hören, sie fühlen, was ich ihnen zeige: All die Dinge und Wesen, die geschehen, die leben in meiner Welt, um mich herum. Ich bin ihr Diener, ihr Sinnesorgan.

Ja, das könnte sein, denken wir.

Doch weiß er denn auch, dass sie niemals *ihre* Gedanken mit dem Sender teilen werden? Und wäre das gut oder schlecht? Könnte er sie jemals verstehen?

Nein! Das sicher nicht, niemals.

Doch schon fällt uns etwas anderes ein: Was wird aus dem Sender, wenn sie ihn nicht mehr brauchen?

Wir hören den Entsetzensschrei aus seinem Munde. Also hat er unsere Gedanken empfangen. Denn er ist auch Empfänger für alle Dinge, die ihn betreffen. Jetzt kennt er seine Zukunft und will sie nicht wahrhaben und kann sie nicht ändern. Denn er ist nicht wie wir und nicht wie sie. Ein denkender Sender ist er nur - ein Mensch.

SETI, die Invasion 1955 und E.T.

Menschen lauschen noch immer in den Raum, suchen, hoffen, warten auf ein Lebenszeichen ihrer Schwestern und Brüder in den Weiten dort draussen.

Doch ihre Ohren hörten nicht noch sahen ihre Augen.

Denn ohne Laut und unbemerkt waren sie aus den Weiten der Welt gekommen, doch nicht in Schiffen aus Titan noch gefangen in Körpern. Ihr Geist allein ließ sich nieder in den Kindern der Menschen. Damals geschah es noch in den Bäuchen ihrer Mütter, damals in diesem einen Jahr, als Albert Einstein starb. Und die Kinder wuchsen heran und wurden älter.

So warten wir auf den Tag, an dem ... (nach Hause!)

Ein Seufzen

Da hörst du am Morgen diesen einen Klang. Es ist wie ein Seufzen und doch ... Wäre er nur etwas intensiver, dauerte er an, wäre er ein wenig anders nur, so würde er dir dein Hirn aus dem Schädel reißen. Schreiend vor Lust und Entzücken würdest du sterben. Aber so ist es ja nicht.

Bei diesem Ton erinnerst du dich: Es ist also wahr. Sie haben mich ausgestoßen, verbannt oder gesandt. Nun bin ich hier auf diesem Planeten, den die Menschen Erde nennen, scheinbar so frei wie sie, wo sie doch alle gefangen sind in Raum und Zeit, Begierden und Wünschen.

Dort draußen aber, du erinnerst dich, dort draußen jenseits von Zeit und Raum liegt dein Zuhause.

Und jetzt verstehst du auch das Seufzen, das dich weckte am Morgen und dich doch nicht zerriss, das du noch immer hörst in dir. Es ist die Sehnsucht deiner Seele, die da seufzend sich erinnert und schreit von Zeit zu Zeit.

Tränen weinst du in den Morgen.

Sichelmondin und Stern

Es war Samstagabend und Februar.

Er ging hinaus in die Nacht, allein.

Unten auf der Straße blieb er stehen. Staunend sah er empor. Dort stand still und strahlend die Mondin in klarer Schwärze, als Ganzes sichtbar zwar, doch strahlend nur ein Sichelteil. Ganz in der Nähe, links unterhalb leuchtete ein Stern. Sichelmondin und Stern!, fiel ihm ein. Welch magische Worte! Er sah noch immer empor, sah Mondin und Stern. Stand noch immer still am Rande der Straße. Dieses Bild, welch magische Konstellation!

Dann aber riss er sich los vom Himmelszauber, ging den Berg hinab und unter dem Licht von Mondin und Stern dahin, folgte der Straße nach Idar.

Noch in dieser Nacht sagte ihm eine Stimme im Radio, dass der Stern kein Stern, sondern ein Planet mit Namen Venus sei.

Sich öffnen

Er tastet sie ab.

»Mit den Händen?«

»Nein!«

»Mit Blicken?«

»Ja!«

Und nicht mit dem Körper, sondern mit seinem Geist dringt er in sie ein, während sie beide noch immer im Zugabteil einander gegenübersitzen.

Sie aber sieht ihn nicht an.

Wenn sie nun das Gleiche tut?, fragt er sich, das Gleiche mit mir? Was dann?

Blockieren! Oder passieren lassen, sich öffnen und ihr vollständig ausgeliefert sein?

Dann fällt ihm die dritte Möglichkeit ein: Sich selbst öffnen und mehr: Den Raum dahinter, das ist das All, in dessen Weite Aggressionen und Ängste sich auf ewig verlieren.

Doch könnte er es denn überhaupt?

Nein, *noch* nicht! Aber das ist auch weiter nicht schlimm, weil er es jetzt nicht braucht. Denn sie sieht ihn ja nicht an, beachtet ihn gar nicht, träumt nur so vor sich hin.

Sie

Jenseits der Zeit »leben« sie, denn sie sterben nicht und wurden nie geboren.

Die Welt erforschen sie, wie auch wir es tun.

Wir sind ihre Geschöpfe.

Denn sie sind die Sternenschöpfer. Also schufen sie auch unseren Sonn und formten die Erde aus Staub.

Einige von ihnen sind wie Menschenkinder. Sie schauen uns, sie schauen dir zu. Und nicht nur das. Sie spielen.

Hörst du nicht ihr Lachen über unsere Kriege und Niederlagen und Siege, die nicht die unsrigen sind.

Sie und wir

Sie aber schauen hinaus in den Raum. Sie warten auf die anderen Wesen, denn sie fühlen sich so einsam - so allein. Sie suchen sie und finden sie nicht. Denn sie schauen hinaus in den Raum - und wir sind hier!

Seit Äonen leben wir auf ihrem Planeten. Denn immer wird unser Geist in werdende Körper gesandt. Immer wachsen wir auf in Wesen der Erde. Einst in den Großen, die verschwanden, heute aber in Menschen.

Sie aber schauen hinaus in den Raum. Sie warten auf die anderen Wesen, denn sie fühlen sich so einsam - so allein. Sie suchen sie und finden sie nicht. Denn sie schauen hinaus in den Raum - und wir sind hier!

Singen und Stille

Singen und Schrei
und Stille

Klang
der fallenden Sterne

Singularität

Als *eins*
zu All
zerstob
als alles
begann
von Neuem
wurde Raum und Zeit
entstanden wir

Sprachlos vor Staunen

Worte
wie Schnee
in Wüstenträumen
schmelzen
d a h i n
vor *diesen* Dingen

Staub

Fühle Blüten sich öffnen, schwebe, gleite, falle dort-hin. Näher und näher, immer näher. Staubblätter tanzen im Wind. Doch es ist der Stempel, der zieht mich magisch an.

Lande.

Wachse meiner Bestimmung entgegen, hinab.

Träume. Und träume nicht von all den anderen, die sind wie ich, die nicht mehr sind, von denen ich nichts weiß.

Blütenstaub, Pollen, ein Pollenkorn, nicht mehr, denkt der Mensch und staunt: Und doch ist so viel darin verborgen! Was daraus werden mag in Tagen, Monaten, Jahren und bis in alle Ewigkeit?

Und wer bin *ich*?

Ein Mensch unter Milliarden. Nicht weniger, nicht mehr!

Und dann sind da noch all die anderen Lebewesen heute, gestern und morgen auf dieser einen Erde, die unsere Mutter ist. Und Vater Sonn. Und all die Sterne und Planeten. So viele Galaxien! Wieviele Kosmen mögen existieren?

Und alles ist Gott!?

Und was ist dann der Mensch?

Eine Zelle im Körper Gottes, der alles umfasst, dessen »Organe« Universen sind oder doch »nur« Galaxien?

Oder nur Staub auf seiner »Haut«?

Also Staub, ein Staubkorn nur, das nennt sich Mensch und schwebt wohin?

Stern

»Wir haben *unseren* Namen in *deine* Zellen geschrieben.

Schau hinauf ins Sternenmeer!

Was siehst du da?«

Er sah hinauf.

Ewig schaute er Ewigkeiten.

Stille.

Dann sah er sich leuchten aus Schwärze, ein Stern unter vielen - und doch so einzigartig!

Irgendwann begann auch er, sein Sternenlied zu singen.

Stern ruft Seele

Bei Nacht erwacht bist du
und schaust empor in Schwärze
Ein Funken Licht sich bricht in deinen Augen
fällt nieder tief dir in dein Herz
Und deine Seele
schwebt davon in schwarzes Meer

Sternbild

Er sah empor.

»Ooh!«

Der Himmel hatte sich verändert.

Das Einzige, was er kannte, war der Große Wagen. Doch dort über ihm war nichts, was ihm glich - nirgendwo! Dafür stand dort leuchtend hell vor seinen Augen ein wahrhaft seltsames Sternbild. Eigentlich sah es gar nicht so aus. Dafür war es viel zu kompliziert. Doch kam es ihm sehr bekannt vor.

Das kann kein Zufall sein, dachte er. Es schien ihm der Kopf einer Wasserschildkröte im Profil zu sein, das Auge oben, unten der Mund, darüber drei Strahlen, Erleuchtung, und hinter dem Kopf nach oben und nach unten gespiegelt die Flügel. Ach, eine träumende, fliegende Schildkröte!*, eine »meiner« Rotwangenschmuckschildkröten, die sich einst so fern auf der Erde mit geschlossenen Augen und nach hinten ausgestreckten Beinen und weit gespreizten Füßen sonnten?

Die Schildkröten träumen, dachte er. Ein seltsames Universum erträumen sie sich, mit einem Himmel, dessen Sterne ihre Gestalt abbildet und mit einem kleinen Menschen auf einer Welt so fern seinem Ursprung, der hinaufsieht bei Nacht zu den Sternen und dort ihr Abbild erblickt.

Oder aber alles ist noch viel komplizierter. Könnte nicht auch irgendwoanders jemand sein, der sich dies alles: die Schildkröten, ihre Träume, diesen Himmel und auch mich hier auf dieser neuen noch so unbekannten Welt erträumt?

Ja, so könnte es sein. Aber wie auch immer, jetzt stehe ich hier und sehe hinaus.

Allein und doch so glücklich!

---

*: Mein Verlagssignet.

Also doch nicht allein, niemals, nie!

Hebe meine Arme empor und rufe in die Weite: »Ich lebe!«

Doch da ist kein Hall, kein Widerhall, keine Antwort, nichts.

So öffne ich meine Augen und schaue wieder auf meine Füße und gehe weiter.

Wohin?

Sternenfall

Falle ich in Leere?

Und niemals ein Aufprall und niemals mein Schrei und niemals Schmerzen und niemals ein Ende?

Falle ich den endlosen Fall, der einst begann, so fern hinter Nebeln längst vergessen?

Oder werde ich irgendwann verlöschen wie alles andere Leben auch?

Sonn leuchtet nicht mehr in der Nacht.

Und auch der schwarze Anti-Sonn schluckt nicht mehr das Licht des weißen Kosmos.

Ein Verlöschen hier in Schwärze, ein Erstrahlen dort im Licht.

Licht zu Schwärze und Schwärze zu Licht!

Sternengeburt

Und näherte mich der steinernen Säule*, warf mein Augenlicht hinein und durch die Öffnung, versank in der Schwärze des Alls.

Sternenmeere durchflog mein Geist.

Und meine Seele durchfloss den Raum und sang und lachte und begann lächelnd zu leuchten in ewiger Nacht.

*: Frankfurter Buchmesse.

Sternenstaub

Sternenstaub empfängt
das Sternenlicht

Wir stehen auf den Schultern von Menschen
und sehen weit und weiter

Erst begonnen haben wir
- Sternenstaub unter Sternenlicht -
den Kosmos zu begreifen

Sternentor

Du siehst das Sternentor vor dir - aber nur in einem Film. In dir aber spricht die Erinnerung andere Worte: »Es ist voller Sterne«.* Dieser Film hier aber ist ziemlich hightech-transform-ägyptisch - nun ja, ganz gut: *Stargate* lautet sein Name.

Du siehst das Tor und reist mit hindurch in rasendem Lichterflug. Du siehst andere Tore, die führen zu anderen Welten.

Und alles schläft und träumt in mir, denkst du und weinst.

Dieser Traum von der ewigen Liebe, deiner großen und einzigen Liebe dort draußen, so endlos fern verloren in Zeit und Raum und ... einmal auch auf dieser Welt, mein Gott, wie lange ist das her, deine strahlenden Augen vor mir. Dein Name war und ist für alle Zeit Isabelle!

Wieder, wie vor Jahren schon einmal, siehst du die Gitter weichen nach allen Seiten. Lautlos für deine Ohren sich öffnende Blütenblätter. Aber dem Schatten, dir entgegen. Deine Musik erklingt - von fern »Tritt ein und staune!«, spricht es von irgendwo.

Und du gehorchst, kletterst - welch kleiner Rainar! -, ein Alpinist im Gesicht des großen Rainars, aus dessen Augen gigantische Tränen tropfen.

»Pass auf, sie spülen dich weg, ehe du dein Ziel erreichst!«

Doch du schaffst es, trittst ein in das leuchtende Auge im Zentrum deiner Stirn. Dort folgst du deinem Pfad, den anderswo Manfred der Magier beschreitet. Munter, summend, singend und tanzend gehst du durch glühende Mauern.

»Durch Mauern gehen. Ich kann es ja!«, rufst du lachend aus.

*: Die Filme und Romane von Arthur C. Clarke 2001 und 2010.

So werden Träume war.

»Wohin gehe ich? Wo bin ich?«

Du kannst überall sein. Denn alles, was außen ist, ist auch in dir!

Oder ist es umgekehrt? Ist nicht beides dasselbe?

»Oben wie unten! Und alles in mir!«

Das Brausen ist in deinen Ohren und wandelt sich zu Donner.

Dann bist du dort. Du siehst ...

Jenseits der letzten Mauer fällt dieser gigantische Strom hinab ins Bodenlose. Du stehst auf einem runden Stein, drehst dich im Kreis und verharrst. Denn dort, in weiter Ferne wartet der summende, schnatternde Regenwald. Du schließt deine Augen und siehst ... wunderbar vergrößert hinein, bis auf den Grund und tiefer noch. Siehst in dessen dünnen Grund dich selbst in einer anderen Gestalt kriechen. Dunkel aus Dunkel geboren ...

»Nicht jetzt!«

Über der Erde aber schreitet Manfred, den manche den Magier nennen, unter gigantischen Bäumen dahin. Unten ist wenig im Regenwald. Oben aber ist die Fülle des Lebens. Du siehst sie: Blaue Blitze durchgaukeln das Kronendach. Schwärme sind wir, Morpho genannt! Einmal Schmetterling sein, fliegen und in Ekstase sterben!

Also erlischt auch dieses Leben. Und noch immer stehst du inmitten eines tosen... - Da ist kein Ton! - inmitten eines lautlos stürzenden Stromes. Du breitest deine Arme aus zum Kreuz. Du hebst deine Augen auf. Und vor dir, über dem bodenlosen Fall ins Nichts, in tiefste Höllentiefen, siehst du die Sterne leuchten, so klar wie nie zuvor.

»Meine Sterne!«, weint deine Seele.

Ein letztes Erinnern an einen anderen Körper, in den du einst, vor Ewigkeiten stiegst.

Dann nur noch Sterne: meine Sterne in mir.

Stimme

Stimme aus der Nacht: »Schau, meine Augen brennen!«

Es dreht sich um zu mir. Zwei kleine blaue Flammen fließen zusammen - ein Feuerstrahl verbindet sie. Sie fließen empor ins Zentrum seiner Stirn. Das Dreieck aus Feuer ist geboren. Es weist den Weg zu den Sternen: empor!

Ein rotes Leuchten. Ich hebe meine rechte Hand zur Stirn. Meine Hand wird zum Spiegel. Ich sehe rote, strahlende Augen. Sie schauen mich an, verwundert. Ich sehe die rote Feuerlinie und das strahlende Dreieck vor mir. Ich bin wie es.

Und dann der Ruf des blauen Lichts nach mir. Die Spektrenenden wollen den Kreis. Die Pole ziehen sich an. Ich gehe zu ihm. Und auch das blaue Dreieck kommt auf mich zu. Wir schreiten wie Träumer, wandelnd im Schlaf.

Jetzt fühlen sich unsere Hände.

Diese brennenden Augen, o diese blauen Feuerlinien vor mir! Wer bist du?, frage ich mich. Diese Augen!

Dann ist mein rotes Leuchten stark genug. Dann sehe ich den dunklen Teil seines Gesichtes vor mir.

O mein Gott, es ist mein Traum. Nicht es! Du bist die, die ich schon immer suchte. *Du!*, schreit auf das Glück in dir, in mir, du!

Und Erde beginnt zu beben unter unseren Füßen und reißt auf. Wir fallen in Spalten, die scheinen ohne Ende. Wir treiben dahin zwischen den Sternen und merken es nicht, niemals!

Denn noch immer singt die Liebe in mir, in dir: Ich habe dich gefunden! Du blaues / rotes Licht! Bis sich endlich unsere Stirnen berühren. Jetzt!

Wir werden eins!

Es ist ein glühend-weißer Strahl zu den Sternen.

Es ist der Blitz, der ewig währt.

Wir haben unsere Körper verloren.

Wir sind im All.

Wir sind der leuchtende liebende Stern zwischen den Kosmen.

Wir sind das ruhende Meer, sind WIR, sind All, sind ALLES.

Straße zu den Sternen

Bald werde ich da sein. Gehe ich also immer weiter diese Straße entlang, die da führt durch Wiesen, durch Wälder und dann hinauf und … Dort hinter den sieben Bergen, nicht bei den Zwergen, ist das Ziel meiner Reise als Mensch, die einst mit meiner Geburt begann.

Bald werde ich da sein, denkst du, während du immer weitergehst. Denn dein Wille ist stark (und schwach dein Körper), wie schon einst einmal zu Unizeiten, als du morgens an deinem kleinen ersten Tagesziel vorübergingst, ohne es zu bemerken. Längst schon hattest du die Orientierung verloren, doch du gabst nicht auf, gingst immer weiter mit festem Willen voran.

Du schließt deine Augen. Noch aber setzt du Fuß vor Fuß. Blind gehst du weiter deinen Weg, weiter, immer weiter.

Jetzt steigst du empor und siehst dort unten deinen Körper eine Straße, eine leere Straße gehen. Das bin ich? Das kleine Ding dort unten bin also ich?

Seltsam sollte es dir erscheinen, und erscheint es dir doch nicht. Denn da ist kein Verkehr auf dieser Straße, weder Menschen siehst du noch Fahrzeuge: kein Auto, kein Bus, kein LKW. Weniger verwunderlich, denn die Stadt hast du längst verlassen, dass da kein Mensch mit Fahrrad, Skateboard, Inline-Skaters oder Roller ist.

Du sinkst wieder hinab in deinen Körper und lauschst hinaus in die Welt, die du noch immer stumm durchschreitest. Nichts hat sich verändert. Eine leere Straße vor dir wie bisher.

Doch mehr fällt dir auf: Wie still es ist ringsum. Kein Bellen von Hunden, kein Katzenmiauen, kein Piepsen von Mäusen und schon gar nicht das Singen der Vögel, auch nicht das Zirpen von Heuschrecken.

Na gut, denkst du, ist ja erst Frühling, noch kühl, kein Morgen, kein Abend, keine Nacht, mitten am Tag. Nicht viel Zeit vergangen seit meinem Aufbruch. Oder doch?

Du schaust auf deine Uhr, die keine Zeiger hat. Die Ziffern stehen still, dann rasen sie, dann stehen sie wieder still.

Irgendetwas stimmt da nicht, denkst du. Und diese Leere überall, diese Stille!

Wieder siehst du die Welt von oben, steigst weiter als je zuvor empor und siehst die verlassenen Wiesen, durch die die Straße führt, siehst die Wälder aus Fichten und Eichen und Buchen, endlos scheinen sie dir noch immer. Jetzt erblickst du auch die Berge und hinter ihnen ...

So weit ist mein Weg!, denkst du. Und *so* klein bin ich! Denn schon längst siehst du deinen Körper dort unten nicht mehr und auch nicht die Straße und nicht mehr die Wiesen, die Wälder und Berge. Blau ist der Planet. Und da ist ein leuchtender Pfad zur Mondin hinauf und dann hinein in Vater Sonn.

Staunen.

Und weiter steigst du, fällst du, rast du, treibst du dahin. Du siehst einen winzigen Stern - Sonn! Du siehst einen Sternenhaufen. Du siehst einen Arm und all die anderen und auch das Zentrum: deine Galaxie von außen. Und dann so viele Galaxien, winzig wie Sterne, verloren in Schwärze. Schließlich siehst du nur eine Blase unter vielen. Und jede ist ein Universum für sich und doch verbunden. Du weißt es, du ...

Bald werde ich da sein. Gehe ich also immer weiter meinen Lebensweg, denkst du, noch immer hier unten auf Erden, doch nicht für alle Zeit.

Täler im Raum

»Also entstanden wir in einer Domäne!

Was aber ist mit den anderen Tälern und den pulsierenden Spitzen und ...?«

»Du meinst dieses neue inflationäre Kosmosmodell?«

»Ja, ich spreche von unserer Welt, unserem Universum hier, von diesem Tal, dieser Domäne, in der die Gesetze herrschen, die uns schufen, in der nur Leben von unserer Art existiert. Davon spreche ich und davon, dass da immer wieder Blasen aus den Kosmen brechen und sich verzweigen. Ach, einen Weltenbaum voller Blasen, voller Kosmen sehe ich!

Und dann war da noch einer auf einem Planeten in einem Sonnensystem einer Galaxie eines Universums, der hatte eine Idee: ein Modell zu schaffen, nichts weiter als ein Modelluniversum aus weniger als einem Milligramm Materie, das sich immer wieder selbst reproduziert und somit ewig währt.

Die Technik war da und der Wille. Also geschah es. Ein neuer Weltenbaum entstand, Blasen über Blasen, Kosmen über Kosmen. Und so gab es nun Universen nebeneinander, verbunden durch Zeit, und andere innerhalb dieser und - *du* fragst *mich* nun, in welchem Kosmos wir leben?«

Der Tag, an dem er alles und nichts erhielt

Nennen wir ihn den Tag der Hochzeit.

Er (ein Mensch von der Erde) zu ihr (Prinzessin von irgendwo): »In unserer Gesellschaft gibt es eine Mitgift für die Braut. Was gibt denn dein Vater so mit?«

Sie zu ihm: »Ich bin geboren aus dem All. All ist allen. Mutter und Vater und Tochter und Sohn sind eins. Also schenke ich dir alle Welten, auch wenn sie dir schon immer gehören!«

»Ach!«, staunt er und schaut ein wenig blöde drein.

Tat und Wiedertat

Du hast es wieder getan, endlich. Es wartete schon so lange in dir. Doch noch fehlt dir die Ruhe, die Stille zu schauen.

Wie sie geschah und wo - und was für eine Tat überhaupt?

Du warst abgekommen von deinem Weg zu dir, kamst befriedigt aus der Stadt, zu schnell befriedigt. Es tat dir leid um das Geld, von dem du so wenig hattest und hast. Doch dieser Trieb der Triebe lenkte dich dorthin, von wo du jetzt kommst.

Du überquerst die Straßenkreuzung auf dem Weg nach Hause, nein, du bleibst mitten auf ihr stehen. Du tust es.

Du schaust empor. Dort siehst du sie schimmern, siehst sie leuchten und singen. Für Augenblicke versinkst du in ihrem fernen Licht. Es ist dein Gestern und dein Morgen. Es sind die Sterne.

Später, von deinem Dachfenster aus tust du es wieder: Du schaust noch einmal hinauf. Nun aber nimmst du zum ersten Mal dein Fernglas und richtest es empor in die Schwärze. Wieviele Sterne du jetzt siehst!

Noch zittert deine Hand, noch tanzen Sterne dir vor den Augen. Bald jedoch wird Stille sein und Sehen tief in dir.

Titan

Und glitten hinunter
durch den Dunst - das Aerosol
durch Wolkenfeld
auf weite See

Dann tauchten wir ein
in die Meere
aus Methan

Tolkien und Erde

Nichts mehr wissen die Hobbits von der Welt dort draußen.

Sie leben ihr kleines Leben voller Sorgen und Probleme, leben ihr Leben im Auenland und wissen nichts von der großen Gefahr, nichts von den Menschenwächtern, die sie behüten.

Aber *wir* kennen die Wächter. So ist es.

Und wir kennen die, die dort draußen unsere Erde bewachen.

Vielleicht sind es nur Atmosphäre und Sonnenwind, vielleicht ..., denkst du.

Doch da irrst du dich gewaltig!

Tor und Ende

»Ich ha-be sie ge-se-hen!«, schrie er in die Nacht, so abgehackt in einer Sprache, die niemand mehr verstand. Denn alle anderen waren ... (Wie schnell das Aussterben gehen kann!)

Diese endlos scheinende Reihe von Zwergen, die das Tor durchschritten, das Tor zur anderen Welt.*

Und ich bleibe hier, allein?

Dann schloß sich das Tor.
Feuer raste über die Welt.
Und er und all die anderen brannten.

*: Magische Szene aus dem Film *Das Böse.*

Tränen

Wir weinen
Tränen in den Raum

Unsere Tränen aber
sind Sterne
die die Schwärze weint

Tränenstrom ohne Ende

Stört mich nicht
beim Weinen!

Denn wenn
meine Tränen versiegen
dann endet die Welt

Der Träumer

Die Sterne singen ihr Lied in ihm, der da liegt auf dem Rücken und träumt.

Dieser Sound in seinen Ohren, diese Klänge, die ihn rufen! Es ist wie ein Sog, es ist ein Sog. So zieht ihn an das Sternenmeer. Es ist der Ruf der Weite. Es ist der Ruf der Räume. Es ist der Ruf der Zeiten.

Endlich steht er wieder auf. Doch schau, was tut er da! Der geht ja stumm und tastend, setzt Bein vor Bein, mit ausgestreckten Armen geht ruckend er voran. So verlässt er die Ufer, geht über die Wasser des stillen Sees.

Jetzt steht er still in den wirbelnden, funkelnden Wellenringen, sinkt ein in das tösende All. Er ist im All.

Als er erwacht, reibt er sich die Augen, schaut sich um.

Über ihm ist heller Himmel, also Tag. Vor ihm treibt Sand über Dünen.

Er spürt ihn nicht.

Er findet sich in einer Kuppel aus dunklem Glas, wie Schneewittchen vielleicht. Inmitten einer Wüste liegt er.

Die Wüste träumt.

Und auch er schläft wieder ein, beginnt zu träumen von singenden Sternen, von endlosen Wüsten, von stillen Seen und auf dem Wasser wandelnden Menschen.

Also träumt er sein Leben.

Irgendwann wird er erwachen, und seine Träume werden Wirklichkeit sein für ihn - und all die anderen.

Die Treppe

Da stehst du also an ihrem Fuß und schaust empor. Es ist Nacht. Über dir funkeln still die Sterne. Über dir steigt die Treppe scheinbar endlos empor.

Du trittst auf die erste Stufe. Und ein Schritt ist ein Jahr. Und die zweite Stufe ist wieder ein Jahr. Tausende, Millionen, Milliarden, ach wer weiß wieviele Stufen hat die Treppe, deren Ende du niemals erreichen wirst.

Mehr als sechzig Stufen hast du erklommen, 61, 62, 63. Dort stehst du nun und schaust dich um. Neben dir Leere, über dir die Treppe zur Ewigkeit, unter dir, hinter dir liegen die wenigen Jahre deines Lebens.

»Wo bin ich?«, rufst du laut hinaus.

»Wer bin ich?«, fragst du dich.

»Was habe ich getan?«, fragst du dich flüsternd.

Doch niemand antwortet dir.

So steigst du schweigend und weinend den nächsten Schritt in dein Morgen.

Tripletts

Ich aber bin
das Licht - die Kraft - die Herrlichkeit

Wir aber sind
Raum - Zeit – Ewigkeit

Tunnel

Einst träumte ich von einem Tunnel, durch den ich schoss in rasendem Fall.

Einst träumte ich von einem Tunnel aus gleißend-weißem Licht, einem Tunnel durch die Schwärze der Nacht.

Oder war es ein Tunnel aus Schwärze durch weißen Raum, ein Tunnel zwischen den schwarzen Sternen?

Ein Tunnel zwischen beiden Kosmen gar: erst weiß, dann schwarz in dieser, erst schwarz, dann weiß von der anderen Seite aus?

Übermorgen

Mauern
zerfallen zu Staub
Stille
über den Meeren der Erde
Planeten zerborsten
Und Kälte
wo Sonnen einst lebten

Und ewig ...

Und ewig singen ihr Lied
die Sterne
in mir.

Diese Worte fielen mir ein.
Da rissen auf die Tore.
Dahinter die Schwärze des Raumes.
Staunend sog ich den Atem ein.
Ein letztes Mal.
Denn alles braust heraus.
Es reißt mich mit.
Ich falle.

Und ewig singen ihr Lied
die Sterne
in mir

Unsere Seelen

Stell dir vor:

Wesen voller Fantasie, tanzende Lichter im Sonnenwind, geboren in den gleißenden Feldern von Alpha Centauri, irr genannt und dann verstoßen.

Diese Wesen aus Traum und Lächeln, diese Wesen aus schaffendem Geist, *sie* sind die Seelen unserer Kinder. So wuchsen sie auf hier auf Erden.

So nennen wir uns Menschen hier.

Höre unser Weinen!

Verbannt sind wir in Lärm und Wahn.

Verbannt nach hier.

Wiedergeboren auf Erden, wo »ewig« brennen für uns die Höllenfeuer.

Unter gläsernen Schwingen

Unter gläsernen Schwingen
ein lachendes Herz
im Licht

Durch Raum und Zeit
meine Seele schreit
und weint und weint
und hört nicht auf zu weinen.

Urknall

Im Anfang das Eine, träumend, träumend und träumend im Nichts.

Dann Raum und Zeit, Laut und Stille, Kosmos und Chaos und Leben, aus Sehnen geboren - all dies noch immer geborgen im Traum.

Dann das Erwachen: berstender, lautloser Knall. All wächst und wird, wird Sein in Leere und Staub in Raum und Zeit.

Dann aus dem Staub die Geburt der Sterne. Generationen entstehen, sind, vergehen. Planeten voller Leben und Tod und Leben ...

Versenkung

Welch Entzücken!

Die summende Sommerwiese und er im Lotos-Si... Oh nein. Dafür war er viel zu steif.

Also noch einmal:

Welch Entzücken!

Die summende Sommerwiese und er kniend zwischen duftenden Blüten.

Und auch der Schatten konnte ihn nicht dem Entzücken entrücken.

So fiel sein Kopf lächelnd, durch einen Schlag des schwarzen Schwertes vom Rumpf getrennt, ins Gras.

Lächelnd sah er hinab, sah unter sich immer kleiner werden seinen zweigeteilten Körper und daneben den schwarzen grinsenden Schatten.

Lächelnd fuhr er empor zu den Sternen.

Eine Feldmaus, eine kleine braune Maus leckte auf sein Blut. Und auch die Wurzeln der Blumen und Gräser saugten es ein. Andere Wesen fraßen noch an seinem Körper. Auch der Schatten war längst gegangen.

Vierdimensionales »Leben«

Warum aber soll es nicht etwas geben, das lacht und spricht: »Tod? Was ist das? Was ist Geburt? Alter? Kenne ich nicht.«

Es sucht in deinen Gedanken, in deinen Erinnerungen findet es die Antworten und spricht verwundert: »Ich lebe immer.

Denn siehe, hier ist vorne und hinten, oben und unten, dort ist gestern und heute.

So wie du Raum bist, also bin ich Raum und Zeit.

Dein Morgen ist nur eine Stelle, ein Ort an mir. So ist es auch mit deinem Gestern. Denn ich lebe ewig. Und doch bin ich nicht Gott! Wie sollte *ich alles* sein!

Ich bin ich - und ich bin ewig!

Vier Stufen

Leere und Stille
singende Zeit und Klang in dir
Du bist ALL

Licht zu Ketten und Kreisen verflochten,
zur Erdenkugel verbunden
im Netz der Gedanken
WIR

Sonngesang und Erdenstille
verbunden das Netz
Im Wachsen wird Kraft
Hinaus in den Raum
andere Sonnen und Erden
das All und WIR
singen den Gesang der Welt

Von den Sternen

Sie kam von den Sternen, von irgendwoher aus der schwarzen Weite dort oben, dort draussen.

Als sie erwachte, sah sie die Welt, ihre neue Welt, mit anderen Augen.

Oh, dachte er, während sie mit *seinen* Augen das dunkle Zimmer betrachtete, die bläulich leuchtenden Ziffern des elektrischen Weckers: 4:00 im dämmernden Licht des Morgens.

Dann schlief er wieder ein und begann von Neuem zu träumen.

Oh, dachte sie und tauchte ein in das Meer seiner Gedanken, Menschenwelten!

Von Kosmos und Chaos

Du nennst *mich*
das tanzende Chaos
wo ich doch
die *andere* Ordnung bin

Was glaubst du wohl
wie *ich dich* nenne?

Von kommenden Tagen

In kommenden Tagen steigt auf unser Blick.

Ich sehe dich: Einheit. Ich werde dich finden.

Unermesslich der Strom, silbernes Band zwischen den Sternen und jenseits der Zeiten.

Vereint sind wir, ein Teil des Bandes, in das heute schon die Seelen der Toten gehen.

Gewaltiges Wissen all-überall, doch noch immer das Staunen in den Welten über die Schöpfung und die Frage nach dem Sinn.

Vor der Geburt

Alle kennen wir das Bild: Der wachsende Embryo, noch ungeboren in ihrem Schoß, träumend und schaukelnd und träumend so dicht an ihrem Herzen.

Und dann die Panik während der Wehen - das Trauma der Geburt.

Wir alle sind Menschen und leben noch immer im Schoß unserer Mutter, beschützt von Atmosphäreschichten, ernährt von ihr, der Erde.

Irgendwann aber, schon bald, kommt die Zeit der Geburt, unser Aufbruch in die kalte Welt des Alls, unser Weg über die Mondin zu den Planeten und zu den anderen Sternen.

Haben die Wehen nicht schon begonnen?

Wärmetod

Ob das Universum pulsiert oder dem Wärmetod zugeht, ist für den Menschen ohne Bedeutung, denn weder lebte er, als es aus dem Urknall entstand, noch wird er das Ende erleben.

Wesentlich ist aber: Ein ewig pulsierendes Universum löst die Frage nach der Schöpfung der Welt. Denn eigentlich gab es sie nicht, gibt es sie nicht, wird es sie nie geben. Und doch ist da immer wieder ein Neubeginn, ein Werden und Vergehen, ein Ende, dem der nächste Anfang folgt.

Die Existenz Gottes als Schöpfer erübrigt sich, könnte man meinen. Und dennoch schließt der Kreis Ihn nicht aus, der über allem, in allem ist, diesseits und jenseits von Raum und Zeit.

Ein Urknall jedoch wirft die Frage nach Initiierung und dem Davor auf.

Nach augenblicklichem Wissensstand - das kann sich wieder ändern - ist es wohl nichts mit der positiven Krümmung des Kosmos, also kein Pulsieren.

Also werden wir geboren, leben und sterben in einem negativ gekrümmten Universum ohne Zukunft!

Oder auch nicht?

Was soll's!

Wanderer

Sage mir, was einst mit mir geschah! Sag es mir!, sprach er und sah hinauf, dorthin, wo du niemanden gesehen hättest, wärest du Zeuge geworden.

Niemals hatten seine Lippen ein Wort gesprochen. Denn er war stumm und wurde stumm geboren. Und doch sprach er diese Worte zu Ihm, dem Wanderer zwischen den Welten.

Oh Herr!, weinte seine Seele in dieser stillen Nacht, in dieser Nacht der Nächte. Und sein Mund leckte den Staub von Seinen Füßen.

Er aber hob ihn auf, Er, der von fernen Welten kam, antwortete ohne Worte ihm im Geist:

Du wurdest so geboren, um sehen zu lernen, um sprechen zu lernen in Gedanken.

Du wurdest geboren, um heute hier mir diese Fragen zu stellen, die mich einst irgendwann irgendwas tun lassen werden, was ich sonst niemals getan hätte, was sonst nie getan worden wäre.

Das ist deine große Tat!

Nun komm!, sprach Er dann und nahm ihn mit sich unter seine rauschenden Schwingen der Nacht.

So folgte der Stumme, ging unter Ihm her und hinaus in die weiten Wüsten der Erde.

Zunächst hinaus und dann hinauf in das große Meer, das Meer der Schwärze, in dem so winzig klein und doch so zahlreich Sterne leuchten.

Wassertropfen

Ein kleines Aquarium. Du holst die alten braunen Pflanzenreste raus. Wasser tropft auf deine Fensterbank. Sonn strahlt.

Warm, wärmer, heiß!!! Die ganze Welt beginnt zu dampfen. Wir zucken, wir zappeln, wir werden ganz still und stumm. Wir sterben!

Irgendwo anders trocknen Sümpfe aus, fallen Wälder sterbend unter kreischenden Motorsägen.

Siehst du, so ist es. Einfach so. Plötzlich sterben Welten.

Andernorts spielen Götterkinder vielleicht »Fußball / Handball / Baseball« mit Planeten, Sonnen.

Und Universen brennen im Racheliebeskampfeslustgeschrei ihrer Eltern, verglühen, erfrieren. Und alles Leben erlischt zu Staub.

Siehst du, so ist es. Einfach so endet deine Welt, wie im Kleinen, so im Großen: im Wassertropfen, auf der Erde, im All.

Weg ins All

Über dir stehen still die Sterne.

Stumm stehst du und lauschst dem Ruf der Mondin.

Irgendwann dann siehst du ihn vor dir. Leuchtend steigt er auf aus dem schwarzem Meer - dein Weg.

Du verstehst. Dein Körper gehört der Erde - ist Erde.

Dort aber überall ist All.

Dort aber ist Raum, der anders ist.

Dort aber ist Weite.

Es ist die Heimat deiner göttlichen Seele.

So steigt sie auf, dein Körper fällt.

Nichts hält sie jetzt mehr, nichts!

WEISS

Du schließt die Augen.

Schläfst du?

Nein, *noch* nicht! Doch du döst so langsam weg, hinüber!

Und dann, in der Sommerwärme des Tages, kommen die Träume. Du träumst, deine Augen zu öffnen, aber da ist nur WEISS. Du schließt sie wieder. Weißes Licht noch immer. Bildstörung total.

Dann ein Ton, so tief. Du bebst. Und auch das WEISS erzittert. Schwarze Punkte tauchen auf und wachsen zu Kreisen, die sich füllen mit Schwärze. Weiße Punkte werden darin.

Kosmen voller Sterne, denkst du.

Ringsherum aber ist alles WEISS.

Du schläfst.

Wirst du jemals wieder deine Augen öffnen?

Weiße Wand

Weiße Wand aus Feuer
Brennend die Meere
Sternenstaub
aus unseren »Händen«

Weißer Raum

Er schloss die Augen.

Ein Licht erstrahlt im Zentrum seiner Stirn, groß und rund und gelb. Sonn!

Du rast ihm entgegen.

Er öffnet sich dir.

Du fällst in Schwärze.

Sterne leuchten auf. Unter ihnen eine blaue Sonne.

Du bist in ihm.

Dann bricht der andere Raum auf: ein strahlend weißes Universum. Schwarze Sonnen, so winzig und fern.

Und Leben?

Weit

Weit
schweift der Blick
in die Ferne

Doch sind es Ängste und Sehnsüchte
die da zu Bildern werden?

Oder sind es Räume und Zeiten
die für uns noch nicht sind?

Weites Feld

Du gehst über ein weites Feld. Schwarz der Himmel, schwarz die Erde. Schwärze hüllt dich ein.

Doch dort, noch weit vor dir, ragen empor weiße Dinge wie Knochen, wie Schwerter in Erde gepflanzt, in unendlicher Zahl, so scheint es dir, soweit dein Auge reicht. Oder sind es die Knochen einstiger Größe, Leben erstarrt, durch Zeiten bewahrt?

Näher kommst du, strauchelst und fällst in der Erde Schoß, den Mund zum Kuss geöffnet, umarmst du sie. So gleitest du nieder, langsam, lautlos und still in ein Singen hinein, das ist ein gewaltiger Chor, viele Stimmen und eine zugleich.

Schwärze fällt aus schwarzem Himmel. Glückseliges Schwarz. Schwärze steigt aus Erde empor, dringt ein in Innenraum. Und in dir wächst Vergessen. Schlaf und Traum hüllen dich ein.

Erwacht.

Dunkel ringsum. Schwärze.

Was war vorher?, fragst du dich.

Ein klares Singen wie von fern, von weit, in dir aus dir. Neben dir ein brausender Strom von Klang, zu *einer* Stimme vereint. Chor der Welt, Lied zwischen den Sternen. Du lebst und bist ein Teil, weißglühend im schwarzen Meer und dunkel im weißen Licht. Schwert und Knochen und Mensch zugleich, ein Klang im Weltenchor. Hier und dort und irgendwo und irgendwann zu dieser und zu jener Zeit.

Allüberall sind wir.

Wellen

Es kommt in Wellen. Die fegen dich hinfort.

Als Erstes deine kleinen Alltagssorgen.

Dann alles andere um dich herum.

Und schließlich dich.

Wellengleich rast etwas durch dein Hirn, deinen Geist, deine Seele - löscht alles aus.

Du öffnest deine Augen, die sich irgendwann unbemerkt schlossen. Du siehst ...

Alles scheint wie immer. Aber nichts ist, wie es war.

Du sitzt noch immer am Tisch der Pizzeria. Es ist Pfingstsonntag.

Du bist allein?

Ja, allein vor einem leeren Glas Wein, die Pizza ist gegessen. Und auch die Wellen sind vergangen. Du hörst die Rockmusik aus dem Radio und das Stimmengemurmel der anderen Gäste. *Hier bedient Sie der Chef*, steht nirgendwo, aber so ist es! Du schreibst alles auf: Alltagsdinge, wenn da nicht diese Wellen gewesen wären. Also hat sich nichts geändert, ist alles wie immer? Oder nicht oder doch oder ja?

Nein!

Du öffnest deine Augen nie mehr.

Du erwachst in einem Sternenmeer.

Sekunden träumst du noch von Menschendingen in einer kleinen Stadt.

Dann sind da nur noch Wellen aus Feuer, die branden an einen endlosen Strand aus Staub.

Du brennst vor Liebe.

Neugeboren.

Sonn, Stern im All.

Welten

Jetzt betrittst du also die Unterwelt, gehst die Stufen hinab, nicht eilig, aber zügig, denn du hast Zeit. Gehst durch die Schranken hindurch und folgst den Menschen und Pfeilen und Worten auf den Wänden.

Nun bist du drin, fährst mit der Métro, der U-Bahn von Paris. Doch es könnte auch irgendein anderer Zug sein oder ein Lift, ein Raumschiff gar.

Träumend treibst du durch Raum und Zeit.

Dann steigst du wieder empor aus den Unterwelten, aus dem Schlaf ins Wachen, trittst aus dem Nichtraum, Nullraum heraus, durchschreitest die Tür, das Tor, und gehst hinein in das Licht einer anderen Welt.

Du bist noch immer du. Doch dein Körper hat sich verwandelt: Jetzt hast du die Gestalt eines der Wesen, die hier leben. Und alles ist neu: so hell und klar. Du drehst dich im Kreis und schaust dich um und lauschst.

Dann wieder betrittst du eine Welt der ewigen Nacht, ertastest mit deinen Fühlern deine Umgebung. Und auch hier atmest du ein die Luft. Ende der ersten Orientierung. Du brichst auf.

So ist es. So ergeht es vielleicht uns allen, wenn wir geboren werden. Kommen heraus aus der Wasserwelt und tun den ersten Atemzug als Mensch. Wir schreien und lachen und weinen und sprechen und schreiben und - lächeln.

Welten über Welten

Gespräch auf einer unteren Ebene.

»Diese Welt ist nicht wirklich«, sagt A zu B.

»Doch, doch«, antwortet B. »Ich rede, ich denke, ich liebe, ich bin. Und auch du - wie ich sehe - lebst. Unsere Welt existiert. Sie ist nicht Schein.«

A aber blickt traurig empor: »Siehst du denn nicht die Fäden, an denen du hängst? Wie kannst du nur glauben, einen freien Willen zu haben? Nein, wir reden Worte, die andere uns sagen lassen. Wir denken Gedanken, die andere für uns denken. Wir sind nichts als Simulationen in irgendeinem großen Ding, das unsere Welt umgibt, das sie geschaffen hat und - uns.

Eine Ebene höher.

Der Programmierer lächelt: »Wie Recht sie doch beide haben. B ist der Durchschnitt, aber A kommt langsam dahinter. Dabei frage ich mich, ob nicht auch ich ...?«

Noch eine Ebene höher.

»Genau! Welten geschachtelt in Welten. Immer wieder einmal erkennt irgendwer die höhere Ebene. *Sie* nennt er *wirklich, sie allein!* Scheint wie bei den kleinsten Teilchen / Wellen zu sein. Und alles um sich nennt er Schein.«

Denkt der Leser doch bei sich (ja du!).

Da haben wir also dann drei Welten: die Puppen-Marionetten-Computerwelt, die Welt, die wir Welt nennen, in der wir Menschen leben, und die Götterwelt über uns.

Auf der vierten Ebene:

»Was, Götter sollen die sein, die da unter UNS! Gut, sie haben ein wenig mehr Freiheit als die Menschen unter ihnen. Aber frei sind sie nicht. Denn WIR sind über und unter und in allen Dingen. WIR sind GOTT!«

Unendlich.

Und immer weiter geht dies so fort. Welten hinter Welten, Unterwelten, Überwelten in ewigem Kreis, eine in die andere gebettet, Räume in Räumen und Zeiten in Zeiten verschachtelt, verschlungen, kopiert, verbunden, getrennt und eins zugleich.

Mag auch sein, dass die unterste Welt die oberste ist und die oberste Welt die unterste.

Aber in Wahrheit ist alles anders. Denn schon scheinbar einfachste Dinge sind komplizierter als manch ein Mensch sie denkt. Und alle sind wahr und wirklich und alle sind Schein.

Und die Türkentaube, die dort auf der Mauer draussen vor deinem Fenster sitzt und zu dir reinschaut und dann sich doch putzt neben ihrem Gefährten (oder ihrer Gefährtin?) ist vielleicht gar kein Vogel, sondern in Wahrheit DAS, was alles aus sich schuf und schafft und wieder verzehrt.

Wenn keine Sterne mehr sind

Ich schaue zum Himmel empor und sehe … nichts.

Schwärze schweigt mir entgegen, brüllt nicht in meinen Ohren: »Siehst du es?«

Ja, ich weiß: Wo keine Sterne sind, da bin auch ich nicht mehr. Wenn alles dunkel ist dort draussen, so ist es schwarz und leer in mir, denke ich ein letztes Mal, sehe nichts mehr und schaue nie mehr zum Himmel empor.

Wer bist du?

»Wer bist du?«, sprach staunend sein Geist und wandelte sich in eine schimmernde Blase, verschwand.

Ich sehe ihn an: sein Körper hier unten so schlaff und grau. Stumm starren die Augen in das Meer der Sterne. Folge seinem toten Blick, sehe die Sternschnuppe noch, da falle ich schon nieder, verlasse summend meinen Körper, steige schillernd auf.

Das Wesen

Vielleicht ein insektenartiges Wesen mit sechs Beinen oder eine Spinne mit acht, wer weiß?

Wie auch immer es aussehen mag. Eins steht fest: Da sitzt es und weint.

Es würde weinen, wenn es weinen könnte, Tränen strömten aus seinen Augen. Es sieht dich nicht an. Stumm sitzt es da und weint so innerlich und tief und stumm. Es ist Leben, also Gefühl, also Freude und Angst und Trauer und Schmerz. So weint das Wesen, das niemand jemals weinen sah.

Ach, was du noch nicht weißt, nicht wissen kannst, ist dies: Es ist sozial, ein Wesen, das die Gemeinschaft braucht, zumindest ein zweites Wesen seiner Art, nein, noch viel mehr. Doch es ist allein. Dort sitzt es allein und weint unsichtbare Tränen in die sternenfunkelnde Nacht. *Du* siehst es, *du* verstehst. (Warum wohl, warum?!)

Nein, es springt nicht auf, um dich zu fressen, es springt dich nicht an. Es sitzt noch immer da. Doch jetzt wandelt es sich. Zunächst sein Körper. Ja, jetzt ähnelt er dem eines Menschen. Und dann sein Gesicht. Jetzt hat es ein Menschengesicht.

Ein einsamer Mensch sitzt da. O ja, du kennst dieses Wesen, du kennst es. Es ist ein Mensch, ein Mann, ein einsamer Mann in der Nacht. O Gott, *es* ist ... *du* bist es!

Dort sitzt du auf einem kalten Stein in sternenklarer Nacht, allein. Jetzt aber nach deiner Verwandlung kannst du es endlich tun. Du tust es.

Und du liebe(r) LeserIn siehst die Tränen an seinen Wangen fließen und tropfen zur Erde.

Er hört nicht auf zu weinen.

Und du weinst mit.

Wiedergeboren

Er kam aus den Tiefen des Alls.

Nein, er landete nicht mit einem Raumschiff auf der Erde.

Also war er kein Alien, und doch ...

Er wurde in einem menschlichen Embryo wiedergeboren. So wuchs er als Mensch unter Menschen auf.

Bisweilen aber, während er älter wurde, brach die Erinnerung durch, kam das alte Wissen nach oben. Dann sah er empor zu den Sternen. Sehnsucht weinte er hinaus in die Nacht, so einsam und allein auf diesem Planeten Erde war er.

So glaubte er zumindest, bis ...

Wink

Ich ging einen einsamen Weg
einen sternenübersäten Pfad

Irgendwann irgendwo unterwegs fiel mir dieser eine Satz ein. Nicht mehr und nicht weniger:

Ich ging einen einsamen Weg, einen sternenübersäten Pfad.

Ich schrieb ihn auf.

Später, viel später folgten weitere Worte und Sätze. Gebannt sah ich auf den Computermonitor, sah, was meine Finger und meine Seele mir - jetzt auch für dich - dort schrieben.

Ich ging einen einsamen Weg, einen sternenübersäten Pfad. Irgendwann sah ich nach oben.

Jemand winkte mir zu.

Eine Frau, ein Mann, ein Elb? Ich konnte es nicht erkennen. Aufrecht auf zwei Beinen, wie ich, der ich hier unten auf Erden wandelte, aufrecht stand es / er / sie dort oben und winkte mir zu.

Was will sie nur?, dachte ich, ja, es ist eine Frau, die mir winkt. Zwei Sehnsüchte in einer Person vereint, Frau und Kosmos! Was will sie nur von mir?

Noch aber wagte ich nicht, das Größte zu hoffen, nein, noch war es dafür viel zu früh. Also ging ich weiter, und die Jahre vergingen wie im Flug.

Dann irgendwann verstand ich, wusste ich, sie winkte mich damals zu sich nach Hause, in die Welten der Götter und Kosmonauten. Sie winkte mich zu sich, weg von meinem einsamen Pfad hier unten, hinauf auf einen / meinen / unseren sternenübersäten Pfad.

Und nun? Würde ich sie jemals wieder winken sehen und ihr dann folgen?

Winzigkeit des Menschen

Wie klein
ist doch der Mensch
in der Unendlichkeit
des Raumes!

Wie groß
muss er schon sein
um dies
erahnen zu können!

WIR

WIR sind die Sterne
das Licht in der Schwärze

WIR sind die Schwärze
die das Leuchten umhüllt

WIR aber sind
Raum und Zeit in Ewigkeit!

Wir senden aus

Andernorts zu anderer Zeit sind wir Sturm der Gedanken und Sonn über schwarzen Welten.

Andernorts sind wir schwarzes Gestein, so hungrig, so hungernd dem Licht entgegen, sind Felsen, Berg und Ebene. Schreiend vor Entzücken, schreiend vor Entsetzen vor dem schmirgelnden Sturm und dem brennenden Licht. Dort ist alles aus uns entsprungen.

Ein Kosmos jedoch ist uns entflohen. Irgendwo in den Dimensionen verborgen treibt er dahin mit blühenden, lebenden Wesen. Ihn zu suchen, sandten wir aus unsere Teile, Ebenbilder, Kopien unserer Selbst.

Irgendwo und irgendwann spricht ein Teil: »Gefunden.«

Es aber kehrt nie zurück. So bleibt das All noch immer verborgen der Schwärze und dem Sturm. Es aber erinnert sich. Ja, hier schreibt es alles auf.

Wo zuvor nur Dunkel

Lautlos durchweben Bilder meine Seele, schweben, strömen Bilder ferner Meere.

Planeten im Raum, bizarres Gestein.

Wesen aus Staub und Licht erstrahlen unter elektronischen Klängen im Zentrum meiner Stirn.

Mitternachts öffnen sich sanft verschlossene Pforten, wo Dunkel war zuvor.

Das Wort

Wir sprachen
das Wort in den Wind

Da fiel der Sturm

Still stand die Luft

Und Sternenlicht
brach hell hervor
aus Schwärze

Zazen und der Pfad

Dieses Mal hatte er Musik laufen. Es waren elektronische Kompositionen von Klaus Schulze.

Er nahm die Haltung ein: Zazen.

Ruhig ging sein Atem und tief hinab bis in den Bauch, kurz ein, langsam aus. Die Augen fast geschlossen, ein kleiner Buddha - noch nicht - im Dachzimmer eines Reihenhauses einer kleinen Stadt mit Namen K. irgendwo in Mitteleuropa, also auf Erden.

Blitze schießen aus des Raumes Schwärze empor in dir. Lauschst nicht mehr den Klängen, bist selber Musik, die dich umbraust in ewiger Brandung, die dich umhüllt wie du die schwarze Nacht in dir.

Zeit steht still. Nichts fließt. Alles ruht in ewiger Stille.

Das ist die andere Seite der Welt.

Nun aber schießen wieder Blitze aus der Schwärze des Raumes in dir empor. Sie erhellen eine weite Ebene, die da liegt vor deinem inneren Auge wie weißer Sand vom Strand am ewigen Meer.

Und dort siehst du ein Wesen, es ist ein Mensch, winziger Schatten nur unter gewaltigem Leuchten in dieser sternenklaren Nacht. Aufwärts zucken die Blitze dieser Welt. Wie unbedeutend doch der Mensch, der schreitet auf einem dunklen Pfad über die endlose Ebene dahin, die dir nun gar nicht mehr so eben scheint. Denn dort liegen Hügel, die seit Äonen schlummern, Hügel, die sind wie Gräber von Fürsten aus alten irdischen Zeiten. Über sie hinweg und um sie herum aber windet sich der Pfad, den dieser Mensch beschreitet.

Auf einem der unzähligen Hügel hält er inne, schaut auf in die Nacht, den Sternen entgegen. Still steht er dort mit erhobenen, weit ausgebreiteten Armen.

Und du schaust sein Gesicht, erschauderst.

Denn du kennst, erkennst es: Er *ist* ich, ich *bin* ja er!

Gemeinsam - in einem Körper vereint - gehen wir nun weiter. Vor uns sehen wir den Pfad, doch nur verschwommen. Hinter uns verblassen die Erinnerungen und zeigen uns andere Wirklichkeiten als die, die damals waren. Nur die Gegenwart ist.

O stille Nacht, Sternenfunkeln über dem Pfad, kein Donner, nur Blitze erhellen diese Welt.

Könnte die Erde sein, irgendwo zu einer Zeit.

Zitternd

Zitternd über den Meeren
zitternd im Nebellicht
blau und rot und weiß

So fand ich mich
zitternd in kalten Räumen

Zorn

Zorn
brüllt Sterne
in die Schwärze

Zorn
wirft Feuer
in die Nacht

Zunächst der Sonn und dann ...

»Vater«, sprach er, »ich komme!«

So verließ er Mutter Erde. Lächelnd betrat sein Geist die atomaren Feuer. Und die schützenden Strahlen legten sich über ihn. Dort im Innern saß er und weinte vor Glück und wurde stark für sein Morgen.

Dann, vielleicht tausend irdische Jahre später (oder vergingen Millionen, Milliarden?), treibt er träumend durch gravitationsgekrümmten Raum in die anderen Kosmen hinein, treibt träumend den schwarzen Sonnen zu, die da kreisen in glühend-weißem Strahlenmeer. Dort, wo nicht Nacht ist und Leben nie war, dort tritt er träumend ein in Gestalt einer schwarzen Kugel.

Zweifaches Öffnen

Da liegst du also in deinem Bett. Es ist kalt im Zimmer trotz Heizung im Nebenraum. Die warme Heizdecke ist ausgeschaltet. Alle Lichter gelöscht. Rot blinkt ein Lämpchen am alten Telefon neben dir, rot leuchtet die Uhrzeit am Radiowecker. Du schließt die Augen.

Jetzt öffnest du sie wieder. Dort über dir ist nur Schwärze, dahinter verborgen wie immer - was sonst! - die Decke deines Zimmers. Doch jetzt fährt sie zurück, klappt irgendwie zur Seite. Du schaust in sternenklaren Himmel.

Seltsam, denkst du noch, wie kann das sein?

Und was du nicht denkst, ist dies: Wohne ich nicht im zweiten Stock eines dreistöckigen Hauses! Was ist denn aus der Wohnung meiner Vermieterin geworden?

So viele Worte noch! Aber das gibt sich rasch. Dein Denken in diesen Bahnen erlischt. Staunen wächst. Denn nun klappt auch der Sternenhimmel zur Seite.

Weißes Licht.

Dann Schwärze. Denn deine Augen sind verbrannt.

Dann Schwärze. Denn dein Körper steht in Flammen. Auch er verbrennt.

Jetzt wieder Licht und Klang und Duft und Wärme. Alles in einem, vieles zugleich, eins in allem. Denn du bist nun kein Mensch, nicht mehr, nie mehr! Und die Erinnerungen verblassen.

Hinübergegangen.

Zurückgekehrt.

Zu Hause.

Epilog

Frage eines Lesers oder eher Nichtlesers: »Warum hast du das alles geschrieben? Und warum auch noch veröffentlicht? Wen interessiert das schon! Und wer soll das überhaupt alles lesen?«

Ja, das fragte ich mich damals am 22. November 2000 auch mal wieder beim Korrigieren des Ausdrucks, bei der Überarbeitung der zahlreichen kurzen Texte. Da war sie plötzlich da, die Inspiration, die Idee zu diesem Epilog, die mit vier Wörtern nur begann, die da lauten:

Der Retter der Erde.

Wie ich die Erde rettete?, willst du wissen.

Ach, nicht weil ich so ein starker Krieger, genialer Wissenschaftler, Übermensch war, nein. Es geschah, weil ich diesen einen kleinen Text schrieb und veröffentlichte. Ja, du hältst das Buch vom Ruf der Sterne gerade in deinen Händen. Hier steht er drin, irgendwo.

Welcher es genau war, kann ich dir nun wirklich nicht sagen. Wie sollte ich auch? Ich war ja nicht dabei, als es geschah. Doch ich vermute, dass es das Coverfoto war, das ihn darauf aufmerksam machte. Die antike Sprache hatte er sofort drauf. Kein Problem für einen Gott. Und irgendetwas irgendwo hier drin brachte ihn dann so zum Lachen, dass er die Erde gänzlich übersah bei seinem Werk. Also wurde sie nicht zerstört im Unterschied zu all den anderen Welten.

So war es, so ist es geschehen, so wird es sein.

Siehst du, deshalb habe ich, der ich schon lange unter den Toten weile, heute und hier die alte Heimat Erde und Milliarden von Menschen mit ihr gerettet!

Das hättest du wohl nicht gedacht, was Dichter manchmal so vermögen!?

Panta rhei: Alles ist im Fluss.

Diesen Kosmos, denselben für alle Wesen, hat weder einer der Götter noch der Mensch gemacht, sondern er war immer und ist und wird sein, ewiges lebendiges Feuer, erglimmend nach Maßen und verlöschend nach Maßen.

Herakleitos

Fantastik und Fantasy von Rainar Nitzsche

Fantastische Kurzprosa

Ruf der Mondin. Lieder der Nacht. 62 Seiten, ISBN 9783980210256 sowie als E-Book erhältlich.

Im Licht der Vollen Mondin. 132 Seiten, ISBN 9783930304042 sowie als E-Book erhältlich.

Mondin-Schein und Sein. 176 Seiten, 50 handsignierte, nummerierte Exemplare, ISBN 9783930304127 sowie als E-Book erhältlich.

ATON Vater Sonn. Taggeschichten. 184 Seiten, 50 handsignierte, nummerierte Exemplare, ISBN 9783930304097 sowie als E-Book erhältlich.

Spiegelwelten deiner Seele. Spiegelgeschichten. 88 Seiten, 50 handsignierte, nummerierte Exemplare, ISBN 9783930304271 sowie als Taschenbuch und E-Book erhältlich.

Still riefen uns die Sterne. Kosmische Geschichten, 164 Seiten, 50 handsignierte, nummerierte und weitere Exemplare, ISBN 9783930304295 sowie als Taschenbuch und E-Book erhältlich.

Von Engeln, Erleuchtung und Ewigkeit. Meditative Kurzprosa. 3. überarbeitete Auflage, 149 Seiten, ISBN 9783741266621 und E-Book. Rainar Nitzsche / Harald Fuchs, 2. Auflage, 144 Seiten, ISBN 9783930304783.

Das Schlafende steht auf aus Seinen Träumen. Fantastische Kurzprosa. 204 Seiten, ISBN 9783930304776 sowie als Taschenbuch und E-Book erhältlich.

Spinnentraumgespinste. Spinnenträume und Spinnenbegegnungen. 2. überarbeitete Auflage. 164 Seiten, ISBN 9783930304707 sowie als Taschenbuch und E-Book erhältlich.

Die Pfadwelten

Die fantastische Reise von Manfred, einem Magier mit der Fähigkeit sich in andere Lebewesen zu verwandeln. Sein Weg durch die Bioregionen der Erde: Suche nach seiner großen Liebe. Kampf mit einem schwarzen Wesen aus der Welt T-Her:

Der Leuchtende Pfad des Magiers. PFAD 1, 186 Seiten, handsigniert, nummeriert, limitiert auf 200 Exemplare, ISBN 9783930304035 sowie als Taschenbuch und E-Book erhältlich.

Wandlungen der Drei. PFAD 2. 194 Seiten, handsigniert, nummeriert: 50 Exemplare, ISBN 9783930304134 sowie als Taschenbuch und E-Book erhältlich.

Wüsten-Berges-Himmels-Weiten. PFAD 3, 180 Seiten, handsigniert, nummeriert, limitiert auf 50 Exemplare, ISBN 9783930304172 sowie als Taschenbuch und E-Book erhältlich.

Ins All - Im Eins. PFAD 4. 208 Seiten, handsigniert, nummeriert, limitiert auf 50 Exemplare, ISBN 9783930304141 sowie als Taschenbuch und E-Book erhältlich.

Der Schneckenkönig von Alexa E. Bach. Leben eines PFAD-Wesens. Suche eines intelligenten Schneckenwesens nach seinen Untertanen in einer menschenleeren Welt, die von Ameisenvölkern beherrscht wird. 76 Seiten, ISBN 9783842355873 und E-Book.

Lyrik von Rainar Nitzsche

Ewig sein in Stille. Meditative Lyrik. Rainar Nitzsche / Berthold Mallmann, 122 Seiten mit 21 Grafiken, nummeriert, handsigniert, limitiert auf 50 Exemplare, ISBN 9783930304264. Neuauflage Taschenbuch Rainar Nitzsche ISBN 9783741261312 und E-Book.

Klang über den Meeren der Zeit. Harald Fuchs / Rainar Nitzsche. 72 Seiten mit 31 Grafiken, nummeriert, handsigniert, limitiert auf 313 Exemplare, ISBN 9783930304073. Neuauflage Taschenbuch Rainar Nitzsche ISBN 9783738643411 und E-Book.

OM oder Das Rauschen der scheinbaren Leere. Meditative Lyrik. 80 Seiten, nummeriert, handsigniert, limitiert auf 316 Exemplare, ISBN 9783930304028 sowie als Taschenbuch und E-Book erhältlich.

wir ... menschen der erde. Natur, Untergang, Hoffnung, Neuanfang, Aufbruch ins All. 72 Seiten sowie als Taschenbuch und E-Book erhältlich.

Die Zeit der Bäume. Rainar Nitzsche / Harald Fuchs, 60 Seiten mit 23 Grafiken, nummeriert, handsigniert, limitiert auf 304 Exemplare, ISBN 9783980210249 sowie als Taschenbuch und E-Book erhältlich.

Von Olaf Olsen* sind erschienen

Die Meere des Wahnsinns. Wenn sich die Grenzen verschieben. Original: 72 Seiten mit 23 Abb. von Dr. Rainar Nitzsche, ISBN 978-3-930304-30-1 sowie als Taschenbuch und E-Book erhältlich.

Höllen-Fahrten-Leben-Träume. Alltäglicher und wahrer Horror auf Erden und andernorts. Original: 156 Seiten mit 51 Abb. von Dr. Rainar Nitzsche, ISBN 978-3-930304-31-8 sowie als Taschenbuch und E-Book erhältlich.

ES bricht hervor aus dir. Horrorgeschichten und -gedichte. Das dritte Buch vom „Irren" aus der P(f)alz. Original: 102 Seiten mit 42 Fotokunstwerken von Rainar Nitzsche, ISBN 978-3-930304-49-3 sowie als Taschenbuch und E-Book erhältlich.

*: Ein Pseudonym von Rainar Nitzsche? Oder warum sind hier überhaupt seine Werke aufgeführt?